Das Café der verpassten Chancen

Das Café der verpassten Chancen

Julius Achenbach

© 2025 Julius Achenbach
Julius Achenbach
j.achenbach.buecher@gmail.com
www.juliusbuecher.de

1. Auflage 2025
ISBN: 978-3-7693-8890-9

Verlag: BoD · Books on Demand GmbH,
Überseering 33, 22297 Hamburg, bod@bod.de
Druck: Libri Plureos GmbH, Friedensallee 273,
22763 Hamburg

Bibliografische Information der Deutschen Nationalbibliothek: Die Deutsche Nationalbibliothek verzeichnet
diese Publikation in der Deutschen Nationalbibliografie;
detaillierte bibliografische Daten sind im Internet über
http://dnb.d-nb.de abrufbar.
Dies ist ein Werk der Fiktion. Namen, Personen, Orte und
Ereignisse sind entweder Produkt der Einbildungskraft
des Autors oder werden fiktiv verwendet. Jede Ähnlichkeit
mit tatsächlichen Ereignissen, Orten oder Personen, ob
lebend oder tot, ist rein zufällig.

Manchmal sind es die kleinen Dinge, die uns ausmachen und die Großen lediglich eine Folge der Kleinen. Denn diese begleiten uns im Alltag und sind richtungsweisender als alles andere.

Kapitel 1: Kein Zurück

Der ICE glitt sanft über die Schienen, während ich zum fünften Mal die gleiche E-Mail las, ohne sie wahrzunehmen. Zwischen den Zeilen blinkte der Cursor ungeduldig, als würde er mich verspotten. Drei Stunden hatte ich jetzt schon an dieser verdammten Antwort zum Weber-Artikel gesessen – drei Stunden, die ich nicht hatte.

"Sehr geehrter Herr Weber, bezüglich Ihrer Anfrage..." Ich löschte den Satz wieder. Zu förmlich. "Lieber Herr Weber..." Nein, das nicht. Früher waren solche E-Mails wie von selbst aus meinen Fingern geflossen. Heute kämpfte ich mit jedem Wort wie beim Stierkampf.
Das Handy vibrierte. Sandra, meine Chefin.
"Lina? Wie sieht's aus mit dem Weber-Artikel?"
"Fast fertig", log ich und klappte demonstrativ den Laptop zu, als sähe sie mich durch das Telefon streng an. "Ich schick ihn dir -heute Abend."
"Heute Abend?" Die Pause am anderen Ende der Leitung

war eine Millisekunde zu lang. "Du weißt, dass wir den morgen früh im Meeting einmal vorstellen müssen. Und was ist mit der Überarbeitung für die Lifestyle-Kolumne?"

Ich presste die Stirn gegen die kühle Fensterscheibe. Draußen zog eine graue Novemberlandschaft vorbei, die perfekt zu meiner Stimmung passte. Mist.

"Ich krieg das hin, Sandra. Versprochen."

"Gut." Wieder diese Pause. "Und wie lange bleibst du jetzt in.... wie heißt der Ort noch mal?"

"Seeblick. Und keine Sorge, maximal eine Woche. Ich muss nur ein paar Papiere unterschreiben und das Haus meiner Tante ausräumen, dann kann die Maklerin den Verkauf abwickeln."

Die Worte kamen mechanisch über meine Lippen, eingeübt wie ein Mantra. Eine Woche. Sieben Tage. Das musste reichen. Alles andere würde das sorgsam austarierte Kartenhaus aus Deadlines und Verpflichtungen endgültig zum Einsturz bringen.

"Eine Woche also." Sandra klang nicht überzeugt. "Weißt du, Lina, vielleicht ist das gar keine schlechte Gelegenheit für eine kleine Pause. Wenn du Zeit brauchst ... du hast Überstunden, Urlaub, den du dringend nehmen solltest. Nach der Sache mit Marc..."

"Ich brauche keine Pause", unterbrach ich sie schärfer als beabsichtigt. "Alles bestens."

Der alte Mann mir gegenüber sah kurz von seiner Zeitung auf. Ich zwang ein entschuldigendes Lächeln auf mein

Gesicht und senkte die Stimme.

"Hör zu, Sandra, ich melde mich heute Abend mit dem Artikel. Versprochen."

Ich legte auf, bevor sie die Gelegenheit zu antworten nutzte. Scheiße. Das war ja grässlich gelaufen. Aber in letzter Zeit lief ohnehin nichts mehr, wie es sollte.

Mein Spiegelbild in der Fensterscheibe sah müde aus. Die dunklen Schatten unter den Augen hatte ich notdürftig mit Make-up kaschiert, aber gegen die neue Falte zwischen meinen Augenbrauen war kein Concealer gewachsen. Wann war die eigentlich aufgetaucht?

Mit mechanischen Bewegungen öffnete ich den Laptop wieder. Die E-Mail starrte mich an. Früher hatte ich solche Texte im Schlaf geschrieben. Damals hatte ich überhaupt geschlafen.

Eine neue Mail poppte auf. Die Verwalterin von Tante Marthas Haus: "Sehr geehrte Frau Bergmann, der Hausmeister hat den Schlüssel wie besprochen hinterlegt. Sie finden ihn unter der Fußmatte..."

Ich überflog den Rest nur. Fußmatte, Heizung anstellen, Zählerstände notieren. Und dann ausräumen und verkaufsfertig hinterlassen. Als wäre das alles eine Einkaufsliste zum Abarbeiten. Als würde man nur eine Checkliste abhaken, und schon wäre der ganze Spuk vorbei. Sieben Tage!

Tante Martha.

Der Kloß im Hals drückte wie ein Frosch auf meinen Kehlkopf. Ich hatte seit Jahren nicht mehr an sie gedacht. Nein, das stimmte nicht – ich hatte seit Jahren nicht mehr an sie denken wollen und habe jedes Mal, wenn ein Gedanke hochkam, alles darangesetzt, diesen wieder hinunterzuwürgen. Das letzte dieser unangenehmen Male war an meinem zweiunddreißigsten Geburtstag gewesen, als ihre Karte kam. Die übliche Karte mit dem üblichen Zwanzigeuroschein und der unterschwelligen Frage, wann ich denn mal wieder vorbeikommen würde.

Nie hatte ich gedacht. Ich komme nie wieder.

Und jetzt saß ich in diesem Zug, weil sie tot war und mir ihr verdammtes Haus vermacht hatte. Mit der Auflage, mich "persönlich" darum zu kümmern. Als hätte sie gewusst, dass ich jemanden schicken würde, wenn sie es nicht ausdrücklich verböte.

Natürlich hatte sie das geahnt. Tante Martha hatte ohnehin immer einen Riecher für so etwas gehabt.

Der Laptop gab einen protestierenden Ton von sich – der Akku war fast leer. Genau wie ich. Ich lachte still über den makabren Gedanken und klappte ihn zu, dieses Mal endgültig. Der Weber-Artikel würde warten. Ebenso die Lifestyle-Kolumne. Und die dreißig anderen Topics auf meiner To-Do-Liste, für die ich früher so gebrannt hätte.

Eine neue Nachricht auf dem Handy. Marc.

"Kann ich nächste Woche meine restlichen Sachen abholen?"

Mein Magen zog sich zusammen. Drei Monate und immer noch dieser Reflex. Lächerlich.

"Bin nicht da", tippte ich zurück. "Melde mich, wenn ich wieder in der Stadt bin."

Die drei Punkte erschienen. Er schrieb. Löschte. Schrieb wieder. Ich schaltete das Handy aus. Wollte es gar nicht wissen.

Der Zug wurde langsamer. Draußen zogen die ersten Häuser von Seeblick vorbei, erschreckend vertraut in ihrer Kleinstadtidylle. Die renovierte Villa am Bahnhof. Der schiefe Kirchturm. Der alte Wasserturm, der wie ein rostiger Wächter über allem thronte. Und der Blick auf den großen See, der, eingebettet in sanfte Hügel, das Ortsbild prägte. Warum brauchte es überhaupt einen See, wenn doch das Meer keine fünfzehn Minuten entfernt war.

"Nächster Halt: Seeblick", kündigte eine freundliche Stimme an. "Ausstieg in Fahrtrichtung links."

Ich sammelte meine Sachen zusammen. Laptop in die Tasche. Handy – nein, das blieb aus. Jacke. Der alte Mann faltete umständlich seine Zeitung, um mich vorbeizulassen.

"Schönen Aufenthalt", sagte er.

Ich nickte nur. Eine Woche. Sieben Tage. Hier. Was sollte da schon schön werden?

Der Zug hielt mit einem letzten Ruck. Die Türen öffneten sich mit einem Zischen, und kalte Novemberluft schlug mir entgegen. Es roch nach Regen und nassem Laub und ... nach zu Hause.

Dieser Gedanke brachte mich zum Zittern. Das hier war keine Heimat. Das war es schon lange nicht mehr. Trotzdem empfand ich den Geruch als seltsam vertraut.

Ich trat auf den Bahnsteig und zog meinen kleinen Rollkoffer hinter mir her. Er war zu leicht für eine Woche, aber mehr hatte ich nicht eingepackt. Ein Statement an mich selbst: Du bleibst nicht länger.

Die Bahnhofsuhr zeigte 15:43 Uhr. In kurzer Zeit würde es dunkel sein. Lang genug, um zum Haus zu fahren, den Schlüssel zu holen, die wichtigsten Dinge zu erledigen. Und, wenn ich mich beeilte, könnte ich sogar den Weber-Artikel …

Ein Tropfen landete auf meiner Nase. Dann noch einer. Und noch einer.

"Verdammt", murmelte ich und kramte in meiner Tasche nach dem Schirm, den ich nicht eingepackt hatte. Natürlich nicht. Warum auch? Es war ja nur eine Woche.

Der Regen wurde stärker, und während ich mich unter das schmale Vordach des Bahnhofsgebäudes flüchtete, hatte ich zum ersten Mal seit Ewigkeiten das Gefühl, dass sich eine Woche verdammt lang ziehen konnte. Sonst fragte ich mich immer eher, wo die Zeit geblieben war.

Eine neue Mail poppte auf meinem Laptop auf, als ich ihn kurz öffnete, um die Adresse des Hauses zu checken. Sandra wieder.

"Vergiss nicht das Meeting morgen früh um 9. Du kannst dich wie besprochen die gesamte Woche einfach dazuschalten."

Ich starrte auf die Worte, während der Regen gegen die

Scheiben trommelte. Das Meeting. Das verdammte Meeting. Ich hatte es direkt wieder vergessen. Ein Glück, dass es so etwas wie Mobile Office gab. Sandra hatte sich, leicht widerwillig, darauf eingelassen, dass ich für die Dauer meines Aufenthaltes vollständig remote arbeiten durfte. Nur hatte ich vergessen, dass der Zug drei Stunden brauchte. Dass ich einen Schirm brauchen würde. Dass Seeblick im November ein kaltes, nasses Nest war. Dass man manche Aufgaben nicht simpel abhaken konnte wie Punkte auf einer To-Do-Liste.

Ich zog den Kragen meiner Jacke höher und trat aus dem Schutz des Bahnhofsgebäudes. Ein Taxi stand am Straßenrand, der Fahrer lehnte rauchend an der Tür.

"Lindenstraße 17", sagte ich und versuchte, meinen Koffer möglichst elegant ins Auto zu hieven. Der Fahrer nickte nur und drückte seine Zigarette aus.

Die Fahrt durch die Stadt war wie eine unwillkommene Zeitreise. Das renovierte Kino, in dem ich meinen ersten Kuss hatte. Der Supermarkt, wo ich als Teenager gejobbt hatte. Die alte Eisdiele – geschlossen, klar, bei dem Wetter.

"Sind Sie zu Besuch?", fragte der Fahrer und ich wandte den Blick nach vorn.

"Geschäftlich", antwortete ich knapp. Das klang besser als 'Ich werde das Haus meiner toten Tante ausräumen, die mich großgezogen hat'.

Er bog in die Lindenstraße ein. Die alten Kastanien waren noch da, ihre kahlen Äste wie knochige Finger gegen den grauen Himmel. Kastanien in der Lindenstraße. Nicht mal das konnte der Ort anständig machen. Früher hatte ich die Straße geliebt. Jetzt kam sie mir eng vor. Einengend. Beengt.

"Nummer 17", sagte der Fahrer und hielt. "Macht zwölf Euro."

Ich zahlte, stieg aus und stand im strömenden Regen vor Tante Marthas Haus. Es sah kleiner aus als in meiner Erinnerung. Die weiße Fassade war fleckig, der Vorgarten verwildert. Ein 'Willkommen'-Schild hing schief neben der Tür.

Der Schlüssel sollte unter der Fußmatte liegen. Ich ging die fünf Stufen zur Veranda hoch, sie knarrten vertraut. Die Matte war alt, mit einem verblichenen Katzenmotiv. Tante Martha hatte keine Katze gehabt, aber sie hatte sie geliebt.

Ich hob den alten Stofflappen hoch.

Nichts.

"Was zum..." Ich kniete mich hin, tastete den Boden ab. Meine Finger fanden nur feuchtes Holz und alte Blätter.

Kein Schlüssel.

"Scheiße." Das durfte doch nicht wahr sein. Ich zog mein Handy hervor, schaltete es wieder ein. Die Mail der Verwalterin war eindeutig: "Der Hausmeister hat den Schlüssel wie besprochen unter der Fußmatte hinterlegt."

Ich wählte die Nummer der Verwaltung. Mailbox.

Okay, kein Problem. Der Hausmeister. Wie hieß er noch mal? Ich scrollte durch die Mails. Herr ... Krause. Da war seine Nummer.

"Krause."

"Hallo, hier ist Lina Bergmann. Wegen des Schlüssels für die Lindenstraße 17..."

"Ah, Mist." Er klang zerknirscht. "Den wollt ich eigentlich vorbeibringen. Hatte heute Morgen einen Notfall im Kirschweg, habe ich total vergessen. Ich bin in...." Eine Pause. "...circa zwei Stunden da. Eher zweieinhalb. Tut mir echt leid, aber ich steck hier grade fest."

Zweieinhalb Stunden. Ohne WLAN, im Regen. Das Meeting morgen früh rückte in bedrohliche Nähe.

"Gibt es das alte Café an der Ecke eigentlich noch?", fragte ich. Eine vage Erinnerung an heiße Schokolade und Apfelkuchen schob sich in meinen Kopf.

"Das 'Café der verpassten Chancen'? Klar, unter neuem Besitzer. Hieß früher aber anders...?"

"Café Auszeit", murmelte ich. Der alte Name kam unvermittelt. Wie oft hatte ich dort gesessen, mit einem Buch und einer Tasse Kakao? Tante Martha hatte immer gesagt, es wäre der beste Ort, um nachzudenken.

"Genau! Aber ist immer noch ein schönes Café. Bisschen hipster jetzt, aber..."

Den Rest hörte ich schon gar nicht mehr.

Meine Hose war inzwischen komplett durchnässt, und die Frisur war nicht mehr zu retten. Zweieinhalb Stunden. Hundertfünfzig Minuten. Dann könnte ich endlich anfangen, dann könnte ich ... eher mit Laptop auf dem Boden sitzen, um das Meeting morgen vorzubereiten. Scheiße.

Ein Windstoß fegte durch die Straße und riss das schiefe 'Willkommen'-Schild von der Wand. Es landete klappernd vor meinen Füßen.

Willkommen zu Hause, Lina.

Ich hob das Schild auf und lehnte es an die Hauswand. Dann griff ich nach meinem Koffer und schlug den vertrauten Weg zum Café ein, das ich, wie den gesamten Ort, nie wieder hatte betreten wollen. 'Café der verpassten Chancen' - der neue Name allein sorgte bei mir für zusammengekniffene Augen. Gar nicht angenehm.

Kapitel 2: Gesichter

Das Café sah anders aus. Natürlich sah es anders aus – was hatte ich erwartet? Fünfzehn Jahre waren eine lange Zeit. Ich war zwar durchaus irgendwann mal im Ort gewesen, aber immer nur, um den Alibibesuch bei Tante Martha durchzuführen. Zuletzt drei Jahre zuvor. Das Café hatte ich seit meiner späten Kindheit nicht mehr betreten. Die gemütlichen Polstersessel waren modernen Holzstühlen gewichen, die altmodische Theke einem schicken Tresen aus hellem Holz. Sogar die Wandfarbe war anders, ein kühles Grau statt des warmen Beige, an das ich mich erinnerte.

Wenigstens roch es nach Kaffee. Das war vermutlich das Einzige, was sich nicht geändert hatte. Oder wie Marc immer zu sagen pflegte, "Einzigste". Gott hatte mich das auf die Palme gebracht.

Ich blieb einen Moment im Eingang stehen, ließ das Wasser von meiner Jacke tropfen und versuchte, mich zu orientieren. Die alte Sitzecke an der Scheibe, wo Tante Martha und ich immer gesessen hatten, war jetzt eine Art Bücher-

Lounge mit einem ramponierten Ledersofa und einem runden Tisch in Miniaturformat. An der Wand hingen schwarz-weiß Fotografien von Kaffeeplantagen. Irgendwo dudelte Jazz-Musik. Ein altes, mitgenommenes Klavier stand an der Wand rechts neben der Theke.

"Café der verpassten Chancen" stand in verschnörkelter Schrift auf einer Tafel hinter dem Tresen.

Darunter hing eine Liste mit Kaffeespezialitäten, deren Namen sich anhörten wie wissenschaftliche Formeln. Was war aus dem einfachen "Café Auszeit" geworden? Und wo war mein Apfelkuchen?

Ich schüttelte mich wie ein nasser Hund und zog eine Spur aus Wassertropfen hinter mir her, als ich zum Tresen ging. Der Mann dahinter – groß, dunkle Haare, Dreitagebart, stechender Blick, attraktiv irgendwie – wischte konzentriert die Kaffeemaschine. Er musste mich gehört haben, sah aber nicht auf.

Fantastisch. Genau mein Tag.

"Entschuldigung?"

Er hob kurz den Blick, nickte kaum merklich und griff nach einem Becher. Die Ärmel seines karierten Hemds waren hochgekrempelt, auf seinem linken Unterarm schlängelte sich ein Tattoo – irgendetwas Verschnörkeltes, das ich nicht entziffern konnte. Doch… ein Notenschlüssel. Das passte aber gar nicht zum Äußeren.

"Ich hätte gerne einen..." Aber da war er schon dabei, irgendetwas in den Becher zu gießen. Einen Moment später schob er mir wortlos einen Cappuccino hin.

Ich starrte auf den Becher. Dann auf ihn. "Eigentlich wollte ich einen doppelten Espresso."

Er zuckte mit den Schultern und nahm den Cappuccino wieder weg. Keine Entschuldigung, kein Wort. Nur diese stoische Miene, als wäre ich diejenige, die sich daneben-benahm. Der Tag wurde ja immer besser. Nicht.

"Wissen Sie was?" Ich angelte nach meinem Portemonnaie. "Ich nehm' ihn trotzdem. Hauptsache Koffein."

Wieder nur ein teilnahmsloses Nicken. Er schob mir den Becher zurück und tippte den Preis in die Kasse. Vier fünfzig für einen Cappuccino – die Großstadt hatte offenbar auch in Seeblick Einzug gehalten.

Das konnte ja heiter werden. Zweieinhalb Stunden in diesem Ambiente, mit Mr. Personality hinter dem Tresen und ohne eine Spur von Apfelkuchen.

Ich suchte mir einen Platz am Fenster, von wo aus ich die Straße im Blick hatte. Vielleicht hatte der Hausmeister ja sein Zeitgefühl unterschätzt. Oder das Problem im Kirschweg würde sich schneller lösen lassen. Oder ...

Ein Grollen vom Himmel unterbrach meine Gedanken. Großartig. Ein Gewitter zog auf. Der November zeigte sich von seiner charmantesten Seite.

Ich kramte meinen Laptop aus der Tasche. Wenn ich schon hier festsaß, konnte ich wenigstens den Weber-Artikel ...

Ein warmer, pelziger Körper streifte meine Beine. Ich sah nach unten und begegnete dem treuherzigsten Hundeblick, den ich je gesehen hatte. Ein Golden Retriever, noch ziemlich jung, wedelte erwartungsvoll mit dem Schwanz.

"Hey du." Ich beugte mich runter, um ihn zu streicheln. Seine Nase war feucht, sein Fell überraschend weich. Er nutzte die Gelegenheit sofort, um seine Schnauze in meine Handtasche zu stecken.

"Nein, da ist nichts für..."

Und dann ging alles sehr schnell.

Der Hund schnappte sich meine Tasche, als wäre sie seine Lieblingsbeute. Ich griff danach – und verschüttete dabei den heißen Cappuccino über meine ohnehin schon nasse Hose.

"Scheiße! Hey! Bleib..."

Aber der Hund dachte nicht daran. Mit der Tasche im Maul rannte er durch das Café, räumte dabei gekonnt Stühle zur Seite und schlitterte schließlich hinter den Tresen. Eine ältere Dame, die gerade ihre Zeitung las, quietschte erschrocken.

"MILO!" Die Stimme des Baristas hatte einen resignierten Klang, als wäre das nicht das erste Mal. "Hierher. Sofort."

Der Hund – Milo also – wedelte nur noch begeisterter und sprang mit meiner Tasche um den Tresen herum. Mein Laptop schien jeden Moment herauszufallen.

"Oh Gott, mein Laptop..." Ich sprang auf, ignorierte den brennenden Kaffee auf meinem Bein und versuchte, den Hund zu fangen. Er wich mir geschickt aus, meine Tasche baumelte gefährlich in seinem Maul.

"Wird er sie kaputtmachen?", fragte ich den Barista in einem Tonfall, der vermutlich eine Oktave zu hoch war. Der Weber-Artikel, die Fotos von der letzten Recherche, alles war auf diesem Laptop ...

Er seufzte nur und griff nach einer Schublade unter dem Tresen. Das Geräusch einer Tüte – und Milos Ohren stellten sich auf.

"Leckerli?", fragte der Barista in einem Ton, als würde er mit einem Kleinkind sprechen. "Tasche gegen Leckerli?"

Milo legte den Kopf schief. Überlegte. Seine Schwanzspitze zuckte. Dann ließ er meine Tasche fallen und kam schwanzwedelnd angetrottet.

Ich stürzte zu meiner Tasche. Der Laptop schien unversehrt, wenn auch leicht angesabbert. Die Hülle hatte zum Glück das Schlimmste abgehalten.

"Das tut mir leid." Es waren die ersten richtigen Worte, die der Barista zu mir sagte. "Er ist noch in der Ausbildung."

"Ausbildung?" Ich wischte Hundespeichel von meiner Tasche. "Zum Taschendieb?"

Ein Schatten huschte über sein Gesicht. In seinen Augen – dunkelbraun, wie ich jetzt erst richtig sah – blitzte etwas auf. Fast wie Schmerz. "Zum Therapiehund. Normalerweise ist er nicht so..."

"Marthas kleine Lina!"

Ich fuhr herum. Auch das noch. Eine ältere Dame stand in der Tür, regennass, aber mit strahlendem Gesicht. Ihr graues Haar war zu einem strengen Knoten zurückgebunden, aber ihre Augen funkelten jugendlich.

"Frau Novak?"

Sie kam auf mich zu, die Arme ausgebreitet. Der Geruch von Lavendel und nassem Wollmantel umgab sie. "Kind, wie lange ist das her? Fünfzehn Jahre? Martha hat immer von dir erzählt, weißt du? Jedes Mal, wenn ich hier war – 'Meine Lina macht Karriere in der Stadt, meine Lina schreibt für eine große Zeitung...'"

Ich spürte, wie mir die Röte ins Gesicht stieg. Die Art, wie sie "meine Lina" sagte, traf mich unerwartet hart. Hinter mir erstarrte der Barista mitten in der Bewegung.

"Sie sind Marthas Nichte?"

Ich drehte mich um. Sein Gesichtsausdruck hatte sich kaum verändert, aber irgendetwas war anders. Als würde er mich zum ersten Mal richtig wahrnehmen. Als würde er nach etwas in meinem Gesicht suchen.

"Ja", sagte ich knapp. "Die mit dem Haus."

"Jonas", sagte er nach einer Pause. "Das Café gehört mir seit zwei Jahren." Okay. Und jetzt…

Frau Novak hatte sich inzwischen an einen Tisch gesetzt, ihre feuchte Handtasche neben sich drapiert. "Kind, komm, setz dich zu mir. Erzähl mir von der Stadt. Martha hat immer gesagt..."

"Tut mir leid", unterbrach ich sie. Ich konnte das jetzt nicht. Nicht heute. Nicht nach diesem Tag. Nicht mit der Erinnerung an Tante Marthas "meine Lina" im Ohr. "Ich warte nur auf den Hausmeister. Sobald ich den Schlüssel habe..."

"Aber Kind..." Sie klang enttäuscht. Fast verletzt. Schuldgefühle regten sich in meinem Magen – oder war es das bisschen Cappuccino, was tatsächlich den Weg in meinen Magen gefunden hatte?

"Vielleicht später", murmelte ich und flüchtete mich zurück an meinen Tisch am Fenster.

Mit einem Seufzen klappte ich meinen Laptop auf. Der Weber-Artikel würde nicht von allein fertig werden, und Sandra würde mir die Hölle heißmachen, wenn ich ohne ihn im Meeting auftauchte.

'Moderne Wohnkonzepte im digitalen Zeitalter', prangte die Überschrift auf meinem Bildschirm. Ich überflog die ersten Absätze. Belangloses Gerede über Smarthomes und vernetzte Kaffeemaschinen. Früher hätte ich den Artikel dreimal umgeschrieben, bis jedes Wort saß. Heute? Heute fügte ich mechanisch ein paar Buzzwords ein, strich die schlimmsten Wiederholungen und garnierte das Ganze mit zwei Expertenzitaten aus dem Archiv. Gott sei Dank hatte das Café WLAN.

Nicht meine beste Arbeit. Aber es würde reichen. Es reichte ja immer irgendwie. Gott, wie mich diese nullachtfünfzehn Schreiberei gerade ankotzte.

Die nächste Stunde verbrachte ich damit, abwechselnd am Artikel zu feilen und den Kaffeefleck auf meiner Hose zu reiben. Der Regen wurde stärker, dann schwächer, dann wieder stärker. Frau Novak war nach drei weiteren Versuchen, ein Gespräch zu beginnen, schließlich gegangen. Wahrscheinlich aufs Schlimmste beleidigt. Jonas polierte Tassen, als wären sie sein einziger Lebensinhalt. Milo hatte sich unter den Tresen verzogen und schnarchte leise.

'Artikel fertig - nicht mein bester, aber termingerecht', tippte ich Sandra. Ihre Antwort kam prompt: 'Hauptsache pünktlich. Bis morgen im Meeting.'

Die Uhr an der Wand tickte quälend langsam. Achtzehn Uhr. Achtzehn Uhr fünfzehn. Achtzehn Uhr ...

Mein Handy vibrierte. Endlich.

"Frau Bergmann?" Die Stimme des Hausmeisters. "Der Schlüssel liegt jetzt unter der Matte."

"Danke." Ich griff nach meiner Tasche, ignorierte Milos bettelnden Blick. "Bin gleich da."

Ich zog einen Zehner aus dem Portemonnaie und legte ihn auf den Tresen. Jonas nickte nur, aber sein Blick folgte mir, als ich zur Tür ging. Irgendetwas lag in diesem Blick, was ich nicht einordnen konnte. Etwas, das über die übliche Barista-Höflichkeit hinausging. Oder eher hinunter. Besonders wohlwollend war dieser Blick nicht.

Ich murmelte etwas Unverbindliches und ging hinaus in den Regen. Hinter mir hörte ich Milo winseln.

Der neue Name des Cafés schien mir plötzlich wie ein schlechter Witz. 'Café der verpassten Chancen' – als hätte ich nicht schon genug davon in meinem Leben.

Das Gewitter kam näher. Über mir grollte der Donner, als würde der Himmel selbst über meine Flucht lachen.

Kapitel 3: Staub und Erinnerungen

Der Schlüssel lag unter der Fußmatte, genau wie versprochen. Er war schwerer als erwartet, ein altmodisches Ding aus massivem Messing. Das Metallgewicht in meiner Hand fühlte sich merkwürdig endgültig an.

Im Haus war es kalt. Nicht die frische Kälte eines gelüfteten Raums, sondern die muffige, staubige Kälte von Räumen, die zu lange verschlossen waren. Der Geruch traf mich wie ein Schlag: Ein Mix aus altem Holz, verstaubten Büchern und ... Zimt? Ich brauchte einen Moment, um zu verstehen, woher er kam. Tante Martha hatte immer diese Zimtstangen in einer Schale auf dem Sideboard gehabt.

Die Schale stand noch da.

Meine Finger zitterten, als ich den Lichtschalter suchte. Ein schwaches Klicken, dann flackerte die Deckenlampe widerwillig zum Leben. Das gedämpfte Licht enthüllte den Flur wie eine alte Fotografie: Die geblümte Tapete, der abgetretene Läufer, der große Spiegel mit dem verschnörkelten

Rahmen. Alles war genau wie früher und doch ... anders. Als hätte jemand ein Schwarz-Weiß-Filter über meine Erinnerungen gelegt. Ob sie unsere Muscheln noch hatte? Ich musste unbedingt daran denken, darauf zu achten. Wir hatten früher immer gemeinsam am Strand Muscheln gesammelt. Tante Martha hatte die besonders Schönen anschließend auf der Anrichte im Wohnzimmer ausgestellt. Unwillkürlich musste ich lächeln. Eine der schöneren Erinnerungen.

Mein Koffer rumpelte über die Schwelle. Das Geräusch hallte unnatürlich laut durch das stille Haus.

"Nur eine Woche", murmelte ich, mehr zu mir selbst als zu den leeren Räumen. Meine Stimme klang fremd. "Maximal."

Die Küche lag rechts vom Flur. Früher war sie immer das Herzstück des Hauses gewesen, hell und warm und voller Leben. Jetzt starrten mich leere Arbeitsflächen an. Der alte Küchentisch wirkte nackt ohne die gehäkelte Tischdecke. Auf der Spüle stand eine einzelne Tasse, daneben lag ein vertrockneter Teebeutel auf einem Unterteller. Marthas letzte Tasse Tee.

Ich schluckte.

Der Kühlschrank war ausgesteckt, die Tür mit einem Handtuch offengehalten. Ein Zettel der Verwalterin hing daran: "Wie im Testament verfügt - nur technische Sicherung, keine Räumung. Strom, Wasser und Heizung überprüft." Martha hatte also selbst festgelegt, dass ihre persönlichen

Dinge unangetastet bleiben sollten. Typisch. An der Pinnwand hing ein verblichener Kalender. Oktober 2024. Letzter Monat. Der Monat, in dem Martha ...

Nein. Nicht jetzt.

Ich überflog die Notizen der Verwalterin. Sie hatte sich auf Marthas Anweisung hin nur um das Technische gekümmert – Haupthahn aus, Sicherungen raus. Nur Licht drin gelassen, Heizungsanlage auf Defrost. Alles andere sollte bleiben, wie es war. Als hätte Martha gewusst, dass ich Zeit brauchen würde. Zeit, um mich ihren Erinnerungen zu stellen. Oder um mich zu ärgern bis aufs Blut. Verdammtes Weibsbild.

Während ich durch die Zimmer ging, überfiel mich eine seltsame Beklemmung. Als würde ich in Marthas Privatsphäre eindringen, auch wenn sie nicht mehr da war. Als wäre ich ein Eindringling in meinem eigenen Erbe.

Das Wohnzimmer war das Schlimmste. Die schweren Vorhänge waren zugezogen, die Luft stickig. Marthas Sessel stand noch an seinem Platz vor dem Fenster, eine Strickjacke achtlos über die Lehne geworfen. Auf dem Beistelltisch lag ein aufgeschlagenes Buch, ein Lesezeichen steckte etwa in der Mitte. Sie hatte nicht gewusst, dass sie es nie zu Ende lesen würde.

Meine Augen brannten. Vom Staub redete ich mir ein. Nur vom Staub.

Mit zittrigen Fingern zog ich die Vorhänge auf. Graues, kaltes Nachmittagslicht flutete den Raum, enthüllte Staubflocken, die träge durch die Luft tanzten. Zwei Spinnen nahmen Reißaus unter den alten Heizkörper. Der Garten draußen war ein Dschungel aus verwitterten Gartenmöbeln und überwucherten Beeten. Der alte Kirschlorbeer musste inzwischen die Ausmaße der Titanic erreicht haben und die Brombeeren sahen aus, als würden sie Dornröschen höchstpersönlich bewachen wollen. Martha hätte einen Anfall bekommen. Toll. Der Gärtner würde teuer werden.

Ich musste hier raus. Musste anfangen, Ordnung in das Chaos zu bringen. Musste ...

Mein Handy vibrierte. Eine neue Mail von Sandra.

"Der Artikel ist okay so. Fürs nächste Mal aber bitte wieder deine übliche Qualität."

Ich starrte auf die Worte. 'Okay' - früher hätte mich das gekränkt. Heute war ich einfach nur erleichtert. Mit mechanischen Bewegungen begann ich, die Kisten aufzufalten, die ich über die Verwalterin hatte liefern lassen. Sie waren braun. Praktisch, mit aufgedruckten Feldern für Beschriftungen.

'Kleidung'. 'Bücher'. 'Persönliches'. Als könnte man ein Leben so unkompliziert in Kategorien einteilen. Eine Stunde später hatte ich genau eine Kiste gefüllt. Mit Dingen, die ich nicht wegwerfen konnte, aber auch nicht behalten wollte. Marthas alte Strickjacke. Ein Fotoalbum, das ich nicht aufzuschlagen wagte. Eine Porzellankatze mit schielendem Blick, die ich ihr vor Jahren zum Geburtstag geschenkt hatte. Alles Dinge, die ich auf den ersten Blick hatte herumliegen sehen.

Ich erwog kurz die Option, den Artikel noch einmal zu überarbeiten. Aber der Gedanke, jetzt über "Moderne Wohnkonzepte" zu schreiben, während ich in diesem zeitvergessenen Haus saß, fühlte sich grotesk an.

Stattdessen ging ich nach oben, das Treppengeländer knarzte vertraut unter meiner Hand. Das Gästezimmer – mein altes Zimmer – lag am Ende des Flurs. Die Tür klemmte wie früher. Ein kräftiger Stoß mit der Schulter, und ich stand in einem Raum voller Teenager-Erinnerungen.

Die hellblauen Wände. Das schmale Bett unter dem Fenster. Der alte Schreibtisch, an dem ich für mein Abitur gelernt hatte. Sogar der ausgeblichene Poster-Schatten über dem Bett war noch da, wo einmal meine Lieblingsboyband gehangen hatte.

Ich ließ meinen Koffer fallen und sank aufs Bett. Die Matratze war frisch bezogen, aber der Geruch war der gleiche, wie im Rest des Hauses. Waschmittel und ein Hauch Lavendel. Martha hatte immer Lavendelsäckchen zwischen die Bettwäsche gelegt.

Draußen wurde es langsam dunkel. Ich sollte aufstehen. Die Heizung checken. Weiter aufräumen. Die Kolumne schreiben. Irgendwas essen.

Stattdessen saß ich da und starrte die Zimmerdecke an, auf der sich Lichtreflexe von vorbeifahrenden Autos bewegten. Wie früher. Wie in einer anderen Zeit.

Ein besonders lautes Motorengeräusch riss mich aus meinen Gedanken. Unten bellte ein Hund – wahrscheinlich der Nachbarshund. Oder war es Milo? War das Café so nah?

Milo. Jonas. Frau Novak. Das Café fühlte sich an wie ein seltsamer Traum. Dabei war es erst zwei Stunden her.

Ich hätte höflicher sein sollen. Zu Frau Novak zumindest. Sie hatte es nur nett gemeint. Aber der Klang von "Marthas kleine Lina" hatte etwas in mir aufgerissen, das ich lieber verschlossen gehalten hätte.

Mit einem Seufzen rollte ich mich vom Bett. Die Arbeit würde sich nicht von allein erledigen. Vielleicht sollte ich im Arbeitszimmer anfangen, da würde ich die wichtigen Unterlagen finden.

Der alte Sekretär stand noch genau wie früher neben dem Fenster. Ein wuchtiges Möbelstück aus dunklem Holz, mit zahllosen Schubladen und Fächern. Der Schlüssel steckte.

Ich zog die erste Schublade auf. Büromaterial, ordentlich sortiert. Die zweite: Rechnungen, Kontoauszüge, alles in beschrifteten Mappen. Die dritte ...

Briefe. Ein kleines Bündel, zusammengehalten von einem roten Band. Obenauf lag ein Umschlag, die Schrift darauf war krakelig, aber lesbar:

"Für Lina – wenn die Zeit reif ist."

Meine Hände zitterten, als ich den Umschlag öffnete. Ein einzelnes Blatt Papier, Tante Marthas geschwungene Handschrift.

"Meine liebe Lina,

wenn du das hier liest, bin ich nicht mehr da. Ich fange heute an, dir Briefe zu schreiben - nicht, weil ich bald sterben werde (Das tue ich wohl auch, aber darum geht es hier nicht), sondern weil es Dinge gibt, die man besser in Briefen sagt als im echten Leben. Besonders, wenn man so stur ist wie du und so feige wie ich.

Es werden nur ein paar Briefe werden, denke ich. Kleine Erinnerungen, Gedanken, Dinge, die ich dir schon immer sagen wollte oder die mir einfach nur einfallen. Lies sie, wann du magst. Oder auch gar nicht. Das ist deine Entscheidung.

In Liebe, Tante Martha"

Ich starrte auf das Datum unter dem Brief. Juni 2024. Vier Monate vor ihrem Tod.

Unter dem ersten Brief lag ein zweiter Umschlag. "Erinnerungen #1" stand in Marthas ordentlicher Schrift darauf. Meine Finger zögerten nur kurz, dann riss ich auch diesen auf.

"Meine liebe Lina,

weißt du noch, wie du jeden Donnerstag nach der Schule zu mir ins Café gekommen bist? Du mit deinem viel zu schweren Schulranzen, dann immer der heiße Kakao mit extra Sahne. Du hast stundenlang Hausaufgaben gemacht und dabei heimlich gelesen

ja, ich habe die Comics hinter den Mathebüchern gesehen! Aber ich habe nie etwas gesagt. Diese Nachmittage waren kostbar.

Das Café war immer dein Zufluchtsort. Unser Ort. Auch wenn du das vielleicht vergessen hast.
In Liebe, Tante Martha"

Ich ließ die Briefe sinken. Draußen war es inzwischen dunkel geworden. Im Fenster konnte ich mein Spiegelbild sehen, verschwommen und blass wie ein Geist.

Weitere Briefe also. Weitere Erinnerungen.

Ich schob die Briefe zurück in ihre Umschläge. Meine Finger verharrten über dem Bündel mit den Briefen – acht an der Zahl. Sieben, den Einleitenden nicht mitberechnet. Also fehlten noch sechs Ungelesene.

Das leise Ticken der alten Wanduhr war das einzige Geräusch im Haus. Neunzehn Uhr. Ich sollte etwas essen.

Stattdessen saß ich einfach da, auf dem knarrenden Schreibtischstuhl, und starrte aus dem Fenster. Donnerstagnachmittage im Café. Wie hatte ich das vergessen können?

Der Kakao war immer zu heiß gewesen und Martha hatte jedes Mal extra Sahne drauf getan. "Damit er schneller abkühlt", hatte sie gesagt, obwohl wir beide wussten, dass das physikalisch wahrscheinlich Unsinn war. Und die Comics ... Sie hatte also die ganze Zeit gewusst, dass ich nicht Mathe lernte.

Ein Geräusch von draußen ließ mich zusammenzucken. Nur eine Katze, die über die Mülltonnen strich. Die Straßenlaterne warf gespenstische Schatten an die Wand.

Mein Magen knurrte protestierend. Wann hatte ich zuletzt

gegessen? Im Zug? Der Cappuccino im Café zählte wohl kaum.

Die Küche empfing mich dunkel und kalt. Der Lichtschalter klickte, ein kurzes Surren, dann ein leises 'Ping' – und Dunkelheit. Na toll, Glühbirne durchgebrannt. Mit dem Handylicht fand ich wenigstens den Wasserkocher. Instant-Nudeln hatte ich eingepackt, irgendwo in meinem ...

Moment. Kalt?

Ich legte die Hand auf den Heizkörper. Eiskalt. Das konnte nicht sein, die Verwalterin hatte doch ...

"Scheiße."

Fünf Minuten und diverse Flüche später stand ich vor dem Heizungskasten im Keller. Die kleine Kontrollanzeige blinkte rot. Kein Druck im System? Was auch immer das bedeuten mochte.

Ich scrollte durch meine Kontakte. Der Hausmeister? Nein, nicht noch mal heute. Eine Hotline? Um diese Uhrzeit?

Die Instant-Nudeln dampften traurig vor sich hin, während ich alle Decken zusammensuchte, die ich finden konnte. Ohne Heizung würde es eine lange Nacht werden. Vielleicht sollte ich ...

Ein Windhauch strich durch die Küche. Hatte ich ein Fenster offengelassen? Nein, aber ... da war ein Luftzug. Er kam von ...

"Das ist nicht dein Ernst." Ich starrte die Wand an, wo sich eine feine Linie zwischen den Küchenfliesen gebildet hatte. Ein Riss? Wasser? Verdammt, was wusste ich schon von alten Häusern?

Die Temperaturanzeige auf meinem Handy zeigte 12 Grad. Und es wurde kälter.

Wunderbar. Einfach wunderbar. Ich könnte natürlich in irgendeinem Baumarkt Heizlüfter kaufen. Falls um halb acht noch einer offen hatte. Oder ein Hotel suchen. Falls es in Seeblick überhaupt ...

Das Café.

Der Gedanke kam so plötzlich, dass ich ihn gleich wieder verdrängen wollte. Aber es war die einzige logische Option. Das Café lag um die Ecke. Es war warm. Es hatte Internet. Und es hatte ...

Jonas.

Mein Stolz kämpfte kurz mit der Vernunft. Die Vernunft gewann – unterstützt von einer weiteren Temperaturanzeige: 11 Grad.

Seufzend packte ich meinen Laptop in die Tasche.

Die Treppe knarrte unter meinen Schritten, als ich nach oben ging, um eine weitere Strickjacke zu holen. Das Haus schien mit jedem Geräusch zu sagen: Du kannst nicht weglaufen. Nicht vor mir. Nicht vor den Briefen. Nicht vor den Erinnerungen.

"Nur ein paar Stunden", murmelte ich, während ich die Haustür abschloss. "Nur bis die Heizung repariert ist."

Der Weg zum Café kam mir kürzer vor als heute Nachmittag. Vielleicht, weil ich diesmal wusste, was mich erwartete. Oder vielleicht, weil die Kälte meine Schritte beschleunigte.

Durch die beschlagenen Scheiben des Cafés konnte ich warmes Licht sehen. Und eine Bewegung hinter dem Tresen – Jonas, der Tassen polierte. Schon wieder. Oder immer noch.

Ich holte tief Luft und drückte die Tür auf. Die Türglocke bimmelte verräterisch fröhlich.

"Ähm", sagte ich, als Jonas aufsah. "Die Heizung ist kaputt."

Er legte das Handtuch beiseite, mit dem er die Tassen poliert hatte. "Kein Druck im System?"

"Woher...?"

"Klassiker bei alten Häusern." Er kam hinter dem Tresen hervor. "Zehn Minuten." Er drehte das "geöffnet" Schild.

Die zehn Minuten wurden zu fünfzehn, in denen ich frierend im Keller stand und mit dem Handylicht leuchtete, während er am Heizungskasten hantierte. Das Schweigen wurde mit jeder Minute unangenehmer.

"Also...", versuchte ich es. "Du kennst dich gut aus mit alten Häusern?"

Ein Brummen, das vielleicht "Mhm" bedeuten sollte.

"Das... das Café ist ja auch in einem alten Gebäude, oder?"

"Jup." Er drehte an irgendeinem Ventil. "Baujahr 1902."

"Oh. Das... das wusste ich gar nicht." Natürlich wusste ich das nicht. Ich wusste überhaupt nichts mehr über diesen Ort.

Wieder Schweigen. Irgendwo über uns knackte ein Rohr.

"War öfter hier wegen der Heizung", sagte er, während er weiter am Ventil drehte. "Martha hatte das gleiche Problem letzten Winter."

Ich schluckte. Was sollte ich darauf sagen? 'Tut mir leid, dass ich nicht da war'? 'Danke, dass du ihr geholfen hast'?

Ein Klacken rettete mich vor einer Antwort, dann ein Rauschen.

"Sollte wieder gehen." Er wischte sich die Hände an der Jeans ab. "Muss nur noch warm werden."

"Danke", sagte ich. "Was schulde ich...?"

Er schüttelte nur den Kopf, murmelte etwas wie "War ja keine große Sache" und war schon halb zur Tür raus.

Ich hörte noch seine Schritte oben auf dem Kies, dann Stille. Die Heizung gluckerte leise vor sich hin. Erste warme Luft stieg auf. Okay, das war ja gar nicht unangenehm.

Zehn Minuten später saß ich, eingewickelt in zwei Decken, auf dem Gästebett, eine dampfende Tasse Instant-Tee in der Hand. Der Krümelige, mit Zitronengeschmack. "Was für ein beschissener Tag", murmelte ich in die Stille des Hauses. Aber immerhin wurde es langsam warm.

Kapitel 4: Stammgäste

Der Laptop summte vor sich hin, während mich zwölf Gesichter in kleinen Kästchen anstarrten. Sandras Stimme klang blechern durch die schlechte Verbindung.

"...und deshalb brauchen wir mehr Tiefe in den Artikeln. Lina, was meinst du zum Weber-Artikel?"

Ich zuckte zusammen. "Äh, ja. Also..."

Mein Magen knurrte so laut, dass ich befürchtete, das Mikrofon könnte es aufnehmen. Kaffee. Ich brauchte dringend Kaffee. Und Frühstück. Warum hatte ich nicht ...

"Lina?"

"Entschuldigung. Die Verbindung..." Ich wischte mir den Schlaf aus den Augen. "Der Artikel braucht definitiv noch Überarbeitung."

Sandra seufzte. "Gut, dann kümmere dich darum. Nächster Punkt..."

Der Rest des Meetings rauschte an mir vorbei. Ich nickte an den richtigen Stellen, machte mir Notizen, die ich später nicht mehr würde entziffern können, und versuchte, nicht an meinen leeren Kühlschrank zu denken.

Als sich endlich das letzte Gesicht aus dem Call verabschiedete, ließ ich den Kopf auf die Tischplatte sinken. Neun Uhr dreißig. Gefühlt war es bereits Mitternacht.
Eine neue Mail poppte auf.

"Re: Weber-Artikel. Alles okay bei dir?! Lina, ich erwarte die überarbeitete Version dann bis heute Abend. Und bitte mit etwas mehr Engagement als gestern. Du bekommst das hin!
Sandra"

Wunderbar.
Der Kühlschrank war natürlich leer, als ich nachsah. Was hatte ich erwartet? Dass in der Zwischenzeit jemand vorbeigekommen war, der mir kostenlos und unbemerkt seine Einkäufe eingeräumt hatte?
Mein Magen protestierte erneut, aber ich ignorierte ihn. Okay, dann erst die Arbeit. Erst die Kisten. Erst der Rest. Dann Essen. Oder zumindest ein paar Snacks.
Die nächsten zwei Stunden verbrachte ich damit, Marthas Kleidung zu sortieren. Pullover, die nach Lavendel rochen. Blusen mit verblichenen Blumenmustern. Ein Kleid, das ich noch nie gesehen hatte – das Preisschild hing noch dran. Herrje, die Frau hatte ihren grässlichen Geschmack bis zum Schluss beibehalten.
Eine weitere Mail.

"Themenliste für nächste Woche - DRINGEND

Hi Lina, brauch deinen Input bis heute 14 Uhr. LG Robert"

Mein Magen hatte es aufgegeben zu knurren. Jetzt war es nur noch ein dumpfes Ziehen.

Um zwei gab ich auf. Der Supermarkt war zum Glück nicht weit – einer der Vorteile einer Kleinstadt.

Zehn Minuten später stand ich mit einem Korb voller Fertiggerichte, Instantkaffee und Müsliriegeln an der Kasse. Die Kassiererin musterte mich mit hochgezogener Augenbraue. "Sind Sie zu Besuch?"

"Geschäftlich", murmelte ich zum zweiten Mal in zwei Tagen. Zum zweiten Mal war es eine fadenscheinige Ausrede.

Zurück im Haus stapelte ich die Einkäufe auf der Arbeitsplatte. Einräumen würde sich ohnehin nicht lohnen. Martha hätte einen Anfall bekommen. Sie hatte immer gekocht, richtig gekocht, mit frischen Zutaten, Gemüse und ...

Nein. Nicht jetzt.

Ich zwang mich, weiter aufzuräumen. Eine Stunde. Noch eine. Die Wände schienen näher zu rücken mit jeder Kiste, die ich packte und an einer der Wände stapelte.

Um vier hielt ich es nicht mehr aus. "Nur eine kleine Runde", sagte ich zu den halb leeren Zimmern. "Frische Luft schnappen."

Meine Füße trugen mich wie von selbst Richtung Innenstadt. Das Café lag auf meinem Weg – natürlich tat es das. Viele Richtungen konnte man hier nicht einschlagen bei den paar Tausend Einwohnern. Durch die Fenster konnte ich Bewegung sehen. Menschen. Leben.

Wahrscheinlich sollte ich mich bei Jonas bedanken. Und mich entschuldigen. Für gestern. Für mein Verhalten.

Die Türglocke bimmelte vertraut, als ich eintrat. Das Café war nicht besonders gut besucht für einen Dienstagnachmittag. Zwei Teenager in einer Ecke, ein geschäftsmäßig aussehender Mann am Fenster, eine ältere Dame mit Kreuzworträtsel ...

"Cappuccino?"

Ich drehte mich zu Jonas um, der hinter der Theke stand. Seine Mundwinkel zuckten kaum merklich.

"Eigentlich..." Ich holte Luft. "Eigentlich wollte ich mich bedanken. Für gestern. Und entschuldigen. Ich war nicht besonders... also..."

Er nickte nur und griff nach einer Tasse. "Diesmal direkt der doppelte Espresso dann."

Ein kleines "Ah" entkam mir. Er hatte sich also doch gemerkt, was ich gestern bestellen wollte. Arsch. Trotzdem danke. Glaubte ich. Während er den Kaffee zubereitete, ließ ich meinen Blick durch den Raum schweifen. Die Teenager in der Ecke – einer von ihnen kritzelte hastig in ein Notizbuch, das er zuklappte, sobald sich jemand näherte. An einem anderen Tisch saß ... war das Frau Novak?

"Lina!" Sie hatte mich entdeckt. "Kind, setz dich zu mir!" Oh jee.

Jonas schob mir meinen Espresso zu. "Aufs Haus", murmelte er. "Wegen deiner Tasche."

Ich wollte ablehnen, aber er hatte sich schon wieder sein Handtuch über die Schulter geworfen und seiner Kaffeemaschine zugewandt. Also nahm ich die Tasse und ging – widerwillig – zu Frau Novaks Tisch.

"Martha hat immer hier gesessen", sagte sie und deutete auf den freien Stuhl. "Den besten Blick auf die Straße, weißt du?"

Ich wusste es. Natürlich wusste ich es. Früher selbstverständlich nicht an diesem speziellen Tisch mit dem Bücherregal gleich daneben, aber durchaus am gleichen Fenster.

"Das 'Café Auszeit' war ihr zweites Zuhause, vor allem, nachdem du weg warst", fuhr Frau Novak fort. "So schade, dass es pleite ging. Aber Jonas hat daraus etwas Schönes gemacht, nicht wahr? Er war ja schon als Jugendlicher oft hier..."

Ich horchte auf. "War er das?"

"Oh ja, mit seinen Freunden. Meistens dort drüben..." Sie deutete auf eine Ecke, die jetzt mit den modernen Sesseln möbliert war.

Warum konnte ich mich dann nicht an ihn erinnern?

"Das Café brauchte dringend eine Modernisierung", sagte Jonas, der plötzlich mit einer Kaffeekanne neben uns stand und Frau Novaks Tasse auffüllte. "Aber die Seele ist die gleiche geblieben."

"Die Seele", schnaubte Frau Novak. "Du meinst die Stammgäste!"

"Auch." Er füllte ihre Tasse nach. "Aber vor allem die Seele."

Zum ersten Mal sah ich so etwas wie Wärme in seinen Augen. "Als das 'Café Auszeit' zum Verkauf stand, war ich gerade einige Zeit wieder in Seeblick und konnte einfach nicht..."

Ein Scheppern unterbrach ihn. Der Junge mit dem Notizbuch hatte sein Glas umgeworfen.

"Leo!", rief Jonas. "Nicht schon wieder."

Der Junge wurde rot. "Sorry", murmelte er und versuchte, sein Notizbuch vor der Wasserlache zu retten.

Mein Handy vibrierte. Sandra.

"Wo bleibt der Weber-Artikel?"

Ich seufzte. "Ich sollte gehen. Noch... Arbeit."

Der Weg nach Hause kam mir länger vor als auf dem Hinweg. Fünf Tage noch. Knapp fünf Tage, um alles zu regeln. Das Haus. Die Arbeit. Die Kisten.

Scheiße. Es würde niemals reichen.

Kapitel 5: Wasserrohrbruch

Die Morgensonne kitzelte mich wach, ein schmaler Streifen Licht, der durch die Gardinen fiel. Einen Moment lang wusste ich nicht, wo ich war. Das Bett war zu schmal, das Zimmer zu hell, der Geruch ...

Marthas Haus. Richtig. Verdammt, was hatte ich mir nur gedacht. Ich hatte Urlaub, Überstunden. Stattdessen versuchte ich in einer Woche einen Hausstand von gefühlt mehreren Jahrmillionen zu entrümpeln, während ich gleichzeitig arbeiten wollte. Aber ich hatte mich ja wieder nicht von meinem Ehrgeiz trennen wollen. Egal. Ein Problem für einen anderen Tag.

Ich drehte mich auf die andere Seite, zog die Decke höher. Fünf Minuten noch. Das Bett war zwar schmal, aber überraschend gemütlich. Die Matratze hatte genau die Richtige ...

Ping.

Mein Laptop auf dem Schreibtisch meldete sich. Ich kniff die Augen zusammen und runzelte angestrengt die Stirn, als könnte ich die Mails so ungeschehen machen.

Ping. Ping.

"Noch nicht", murmelte ich in mein Kissen. Das war einer dieser Momente, in denen ich Marc beinahe vermisste. Er hatte immer Kaffee gekocht, während ich langsam wach wurde. Eine seiner wenigen häuslichen Qualitäten - neben dieser Sache, die er mit seiner Zunge ... Nein nein nein nein. Nicht daran denken. Gar nicht gut. Drei Monate waren definitiv zu kurz, um schon über gewisse ... Annehmlichkeiten einer vergangenen Beziehung nachzudenken oder ihnen nachzutrauern.

Außerdem hatte er den Kaffee sowieso nur gemacht, weil er Angst vor mir hatte, bevor ich meinen ersten Koffeinschub hatte. "Morgenlina ist gefährlich", hatte er immer gesagt und dabei dieses schiefe Grinsen aufgesetzt, das früher meine Knie weich gemacht hatte. Jetzt machte es mich nur noch wütend.

Kaffee. Richtig. Den brauchte ich jetzt.

Mit einem Seufzen setzte ich mich auf. Das alte Holzbett knarrte, inzwischen fast ein vertrautes Geräusch. An der Wand gegenüber hing immer noch der ausgeblichene Fleck, wo früher meine Boyband-Poster geklebt hatten. Ich hatte vergessen, wie die Band hieß, aber nicht, wie ich ihre Gesichter jeden Abend angeschmachtet hatte. Irgendwas mit einer Straße. Einem Hinterhof? Oder so ähnlich. Teenager-Lina war manchmal peinlich einfach gestrickt gewesen. Heute hörte ich echte Musik. Rock. Manchmal Metal. Ein wenig Pop. Wenn ich denn mal dazu kam, Musik zu hören.

Ping.

"Ja, ja. Geh mir nicht auf den Wecker."

Meine Füße fanden die Hausschuhe - wann hatte ich die gestern noch ausgepackt? Der Holzboden war kalt, trotz der reparierten Heizung.

Im Bad begrüßte mich mein Spiegelbild mit den üblichen Schatten unter den Augen. Die neue Falte zwischen den Brauen war auch noch da. Marc hatte sie "charaktervoll" genannt, kurz bevor er mir erklärte, dass er sich "neu orientieren" müsse. Neu orientieren. So nannte man das also, wenn man seine Praktikantin vögelte. Diese blonde Gazelle. Als wäre ich mit meiner sportlichen Figur nicht durchaus auch ansehnlich. Nein, es musste Frischfleisch sein. So beschrieb er es zumindest in der Whatsapp-Nachricht, die ich fälschlicherweise zu sehen bekam. Gut, sein Handy hätte ich natürlich nicht filzen dürfen. Aber es war einfach zu offensichtlich gewesen.

Make-up würde warten müssen, erst mal ...

Ping.

Kaffee.

Der Weg nach unten war ein Hindernislauf aus halb ausgepackten Kisten und gestapelten Büchern. Auf halbem Weg die Treppe hinunter blieb ich stehen.

Was war das für ein Geräusch?

Ich hielt den Atem an. Da war es wieder. Ein leises, rhythmisches Tropfen, wie ...

Ich eilte die restlichen Stufen hinunter, das Herz plötzlich schneller schlagend. In der Küche war es still, bis auf ...

"Nein, nein, nein."

Der feine Riss in der Küchenwand von gestern war über Nacht gewachsen. Wasser sickerte hindurch, bildete eine stetig wachsende Pfütze auf den Fliesen. Nicht dramatisch, aber definitiv mehr als ein Tropfen.

Mein erster Impuls war, Sandra anzurufen und mich krank zu melden. Aber nein - das würde ja auch nicht helfen. Erst der Hausmeister.

Ich wählte Herr Krauses Nummer, während ich hektisch Geschirrtücher auf den Boden warf. Die Pfütze hatte bereits die Größe eines kleinen Teichs erreicht.

"Krause." Er klang, als hätte ich ihn geweckt.

"Hier ist Lina Bergmann, Lindenstraße 17. Ich hab einen Wasserschaden und..."

"Tut mir leid, bin die ganze Woche ausgebucht. Probieren Sie's mal bei..."

Klick.

Wunderbar. Einfach wunderbar. Das konnte doch jetzt nicht wahr sein.

Die nächsten zwanzig Minuten verbrachte ich damit, erfolglos Handwerker zu googeln, während ich alles, was im Entferntesten nach Handtuch aussah, auf den Küchenboden warf. "Notdienst Klempner Seeblick" brachte genau drei Treffer. Der erste war im Ruhestand (laut Website), der zweite ging nicht ran, und der dritte konnte "erst nächste Woche".

Das Wasser breitete sich derweil unbeeindruckt weiter aus.

Ping.

Eine weitere Mail von Sandra: "Team-Meeting in 30 Minuten. Erwarte vollständiges Update."

Ich starrte auf mein Handy. War das Internet nicht für solche Notfälle gedacht? Das Café musste doch ... Ich tippte in die Google-Suche.

Ich zögerte. Jonas hatte mir gestern schon geholfen. Zweimal an zwei Tagen um Hilfe bitten war ...

Ein besonders lautes Tropfen unterbrach meine Gedanken. Die Nummer des Cafés war schnell gefunden, der Website sei Dank. Es klingelte dreimal.

"Café der verpassten Chancen."

"Jonas?" Meine Stimme klang höher als beabsichtigt. "Hier ist Lina. Ich... ähm... kennst du zufällig einen Handwerker? Es ist ein Notfall."

Eine kurze Pause. "Wie schlimm?"

"Wasserschaden. Noch nicht die Sintflut, aber..."

"Bin in zehn Minuten da. Ruf schnell Emil an, der ist gut." Er diktierte mir eine Nummer. "Sag, du kommst von mir." Dann legte er auf.

Emil entpuppte sich als verschmitzter Mittsechziger mit einer ausgeprägten Vorliebe für Kaffee - "Mach ich nur für Jonas, der schuldet mir sowieso noch drei Tassen" - und keine Viertelstunde später stand auch Jonas in meiner Küche, die Ärmel schon hochgekrempelt.

"War abzusehen", murmelte er, während er weitere Tücher

auslegte. "Die Rohre sind uralt."

"Woher weißt du...?"

"War letztes Jahr das gleiche Problem. Martha hat wochenlang..." Er brach ab, konzentrierte sich auf den Boden.

Schweigend wischten wir Wasser auf, während Emil in der Wand herumhantierte und dabei leise vor sich hin pfiff. Das Tropfen wurde langsam weniger.

"Wolltest du eigentlich immer schon ein Café?", fragte ich irgendwann, mehr um die Stille zu füllen als aus echtem Interesse.

Er schüttelte den Kopf. "Nie im Leben. War nur..." Eine Pause. "Zufall."

"Zufall?"

"Wollte eigentlich gar nicht zurück in den Ort. Ich habe eigentlich in der Stadt gearbeitet und war nur zwischendurch zu Besuch." Er wrang ein Tuch aus, seine Bewegungen präzise und methodisch. "Aber manchmal... läuft's halt anders."

Ich nickte. Das kannte ich nur zu gut.

Das Aufwischen dauerte den halben Tag. Jonas beantwortete mir meine Frage nach der Führung des Cafés in seiner Abwesenheit mit einem kurzangebundenen "Aushilfe". Die Sonne wanderte über den Küchenfußboden, während wir in einem seltsam eingespielten Rhythmus arbeiteten. Jonas wischte, ich wrang aus, Emil pfiff und hämmerte abwechselnd.

Irgendwann verschwand Emil mit der Versicherung, dass

alles dicht sei. Die Wand würde trocknen müssen, aber zumindest tropfte nichts mehr.

Mein Handy hatte in der Zwischenzeit nicht aufgehört zu vibrieren. Drei verpasste Meetings. Fünf "DRINGEND"-Mails von Sandra. Eine Nachricht von Marc - ungelesen gelöscht.

"Kaffee?", fragte Jonas plötzlich, als die Wasserlache zum größten Teil eingedämmt zu sein schien.

Ich sah auf. "Was?"

"Im Café." Er deutete auf meinen Magen, der sich just in diesem Moment lautstark beschwerte. "Musst sowieso was essen. Und ich hab heute ein paar Schoko-Blaubeer-Muffins."

Eigentlich sollte ich arbeiten. Die Mails beantworten. Den Weber-Artikel noch mal ...

Aber ich war müde. Und hungrig. Und irgendwie ... dankbar. "Ausnahmsweise mal ein Cappuccino", hörte ich mich zu meiner eigenen Verwunderung sagen.

Auf dem Weg redeten wir nicht viel. Aber das war mir gerade nur recht. Was für ein verfluchter Tag.

Das Café empfing uns mit der typischen Nachmittagsstille. Die Sonne malte Muster auf die blank polierten Tische, der Geruch von Kaffee und frischen Brötchen hing in der Luft.

Jonas verschwand hinter der Theke, vorbei an einer jungen Frau, die gebannt auf ihr Handy starrte, während ich in einen der modernen Sessel sank. Meine Schultern schmerzten vom stundenlangen Wischen.

Ein Geräusch von draußen ließ mich aufhorchen. Eine Stimme, die ... sang?

Ich trat ans Fenster. In der Gasse neben dem Café stand Leo, das Notizbuch in der Hand, und sang leise vor sich hin. Eine eigene Melodie, soweit ich das erkennen konnte. Zumindest kannte ich sie nicht. Seine Stimme war überraschend klar, fast schon professionell.

Als er mich sah, klappte er hastig das Buch zu und verschwand um die Ecke.

"Der Junge hat Talent", sagte Jonas, der plötzlich neben mir stand. "Traut sich nur nicht."

Mein Handy vibrierte schon wieder. Sandras Nummer.

Mit einem Seufzen ging ich ran.

"Lina." Ihre Stimme klang angespannt. "Wir müssen reden. Was war denn los, wir machen uns Sorgen..."

"Ich weiß", unterbrach ich sie. "Ein Wasserschaden im Haus. Es ist heute ... "

"Das tut mir leid, ich hoffe, du hast es in den Griff bekommen. Aber es ist auch nicht nur heute. Seit Wochen schon. Seit..." Sie ließ den Satz in der Luft hängen.

Seit Marc. Seit dem Burnout-Gespräch. Seit ich angefangen hatte, mehr Kaffee als Wasser zu trinken.

"Alles wieder gut. Keine Sorge. Und ich krieg das hin", sagte ich automatisch. "Nächste Woche bin ich wieder..."

"Darum geht's nicht." Sie seufzte. "Pass einfach auf dich auf, ja. Du musst nicht übertreiben. Nicht für uns!"

Jonas stellte den Cappuccino vor mich hin. Mit einem Herz im Milchschaum.

"Keine Kommentare", brummte er, als er meinen Blick sah. "War ein Reflex."

Ich musste lachen. "Klar. Ein Reflex." Es war zumindest ein kleiner, netter Lichtblick heute.

Die Sonne sank langsam, während ich an meinem Cappuccino nippte. Meine Jeans war immer noch feucht vom Aufwischen, mein Laptop blinkte anklagend, und irgendwo in meinem Posteingang warteten bestimmt zwanzig weitere Katastrophen.

Aber hey - manchmal braucht es eben einen Wasserrohrbruch, um festzustellen, dass ein beschissener Tag auch seine Momente haben kann. Auch wenn diese Momente nach billigem Kaffeesirup schmeckten. Karamell. Lecker.

Kapitel 6: Kisten und Erinnerungen

Fertig-Ramen schmeckten in Marthas Küche irgendwie falsch. Nicht wirklich schlecht. Aber irgendwie deplatziert. Die Stäbchen rutschten auf dem feinen Porzellan-Teller ab - natürlich hatte ich einen von Marthas guten Tellern genommen, die anderen steckten schon in den Umzugskisten. Wobei gut nicht zwangsläufig schön hieß.

Die Nudelsuppe sah fremd darin aus. Fremd sah auch der blanke Holztisch aus. Normalerweise sorgte Tante Martha für einen überdurchschnittlich hohen Anteil an Strickwerk mit Omamustern auf jedweder Oberfläche in ihrem Haus. Früher zumindest hatte sie das getan.

Der Tag war relativ ereignislos gewesen. Keine undichten Rohre. Keine Überraschungsbesuche. Nicht mal eine Katastrophen-Mail von Sandra.

Stattdessen: Kisten. Kisten voller Erinnerungen, deren Hochkommen ich systematisch unterdrückte, während ich den tatsächlichen Inhalt der Kisten auspackte, sortierte und wiederum in meinen Kisten verpackte.

Alter Schmuck. Fotoalben. Ein Karton mit Weihnachtsdekoration, den ich schnell wieder verschloss - dafür war es definitiv zu früh.

Das meiste davon würde ohnehin vom Entrümpelungsteam mitgenommen werden.

Leider musste ich vorher sichergehen, dass keine wichtigen Dokumente wegkommen würden. Sonst hätte ich das alles sicherlich an ein Unternehmen ausgelagert. "Du solltest richtig kochen", hörte ich Marthas Stimme in meinem Kopf. "Ein warmes Essen am Tag, mindestens."

"Ramen sind doch warm", murmelte ich schmunzelnd zwischen zwei Bissen. Der Dampf der Kaffeetasse wärmte mein Gesicht - die vierte heute. Oder die fünfte? Ab der dritten hatte ich aufgehört zu zählen.

Draußen wurde es früh dunkel. November eben. Die feuchte Wand in der Küche war noch nicht ganz trocken, aber wenigstens tropfte nichts mehr. Emil hatte ganze Arbeit geleistet.

Mein Handy lag stumm neben dem Teller. Keine Nachrichten. Keine Anrufe. Keine ...

Ich erwischte mich dabei, wie ich zum fünften Mal Marcs Instagram-Profil aufgerufen hatte. Die Praktikantin lächelte von jedem zweiten Bild. Sie sah aus wie ich, nur zehn Jahre jünger. Knackiger.

"Arschloch", sagte ich zu meinen Ramen, auch wenn die

herzlich wenig zu meiner derzeitigen Situation beigetragen hatte. Oder etwas daran hätten ändern können.

Die Stille im Haus war merkwürdig. Nicht bedrückend wie gestern, eher ... wartend. Als würde das Haus selbst darauf warten, dass ich endlich ...

Mein Blick wanderte zur Treppe. Zum Arbeitszimmer. Zu den weiteren Briefen. Ich würde noch verrückt werden.

"Noch nicht", murmelte ich und schob mir eine weitere Portion Nudeln in den Mund. Die Stäbchen klapperten auf dem Porzellan.

Aber natürlich landete ich eine Stunde später doch wieder im Arbeitszimmer. Der Sekretär stand wie ein stummer Vorwurf zwischen den Fenstern. Hier lagerten nun mal leider die wichtigen Dokumente.

"Na gut." Ich zog die Schublade auf. Das rote Band hatte sich gelöst, die Briefe lagen wie ein kleines Kartendeck verstreut. "Aber nur einer."

Der nächste Brief in der Reihe war anders als der Erste. Marthas Handschrift schien hastiger, als hätte sie schnell etwas aufschreiben müssen.

"Meine liebe Lina,
heute saß wieder dieser kleine Junge im Café, der mich so an dich erinnert. Er versteckt auch immer seine Comics hinter den Schulbüchern - genau wie du damals. Seine Mutter macht sich Sorgen, weil er zu viel träumt und zu wenig lernt.
Ich habe ihr nicht erzählt, dass meine Träumerin es bis nach Berlin

geschafft hat. Manchmal frage ich mich, ob du noch träumst, zwischen all deinen Terminen und Meetings. Ob du noch manchmal einfach nur dasitzt und die Wolken beobachtest, wie früher.

Seeblick ist dafür immer noch der beste Platz. Die Wolken ziehen hier anders, findest du nicht?

In Liebe, Tante Martha"

Ich faltete den Brief zusammen, langsamer als nötig. Träumen. Wann hatte ich das letzte Mal....?

Vor sechs Monaten vielleicht, als Marc und ich diese Städtereise geplant hatten. Paris im Herbst. Wie romantisch. Wie klischeehaft. Wie ... unrealistisch. Stattdessen hatte ich Überstunden geschoben, und er hatte seine Praktikantin ...

Ich schluckte. Das war es ja. Ich hatte aufgehört zu träumen, lange bevor Marc ging. Zwischen Meetings und Deadlines und diesem ständigen Gefühl, nicht gut genug zu sein für meine eigenen Ansprüche, war einfach kein Platz mehr gewesen. Für Träume. Für Wolken. Für ...

"Scheiße." Das kam tiefer als beabsichtigt.

Mit zittrigen Fingern zog ich mein Handy hervor. Instagram. Marcs Profil. Seine perfekt kuratierten Fotos mit seiner perfekt jungen Freundin.

Entfolgt.

Block.

Das fühlte sich überraschend gut an. Die Nummer behielt ich allerdings, also war das wohl eher ein homöopathischer Akt.

Draußen zogen Wolken über den Nachthimmel. Sie sahen tatsächlich anders aus als in Berlin. Weicher irgendwie. Oder bildete ich mir das ein? Wahrscheinlich. Ich lachte tatsächlich kurz und trocken auf. In Berlin war wahrscheinlich auch einfach der Smog im Weg.

Ich schob den Brief zurück in die Schublade. Genug Selbsterkenntnis für einen Tag.

Aber als ich die Treppe hinunterging, war da etwas ... Leichteres in meinen Schritten. Als hätte ich endlich einen zu eng sitzenden Schuh ausgezogen. Vielleicht war es aber auch nur der komische Vergleich der Wolken.

Unten warteten noch die Reste meiner Ramen. Kalt geworden, natürlich. Aber hey - morgen würde ich vielleicht ... nur vielleicht ... etwas Richtiges kochen. Oder einfach noch mal Ramen aufkochen ... vielleicht eher das.

Kapitel 7:

Stammtischweisheiten

Ich hatte nicht vorgehabt, schon wieder ins Café zu gehen. Wirklich nicht. Aber der neue Internetanschluss in Marthas Haus würde erst nächste Woche gelegt werden können ("Frühestens Dienstag, gnädige Frau"), und mein Handy-daten-Volumen war bereits zur Hälfte aufgebraucht. Inzwischen hatte ich eingesehen, dass die Woche niemals reichen würde für alle Arbeiten, die zu tun waren. Ich musste es nur noch Sandra offenbaren. Immerhin konnte ich Tante Marthas Waschmaschine nutzen. So war es nicht so schlimm, dass ich gefühlt nur für zwei Tage gepackt hatte.

Warum muss ich mir eigentlich die Mühe machen, hier noch neues Internet einbauen zu lassen? Offenbar war das für den Verkaufswert wichtig. Als würden die Tapeten und der mittelalterliche Stil den Wert nicht schon genug abmindern.

Na ja. Das Café hatte WLAN. Und Kaffee. Und keinen Staub, der mir beim Kisten-Auspacken in die Nase kroch.

Verdammte Allergie. Mein Arzt hatte mir vor Ewigkeiten zu einer Hyposensibilisierung geraten. Ich hatte mich, wie üblich, dagegen entschieden, aus Sorge, es könnte sich negativ auf meine Arbeit auswirken. Was für ein Schwachsinn.

Also saß ich zum wiederholten Mal diese Woche an einem der kleinen Tische, Laptop aufgeklappt, und versuchte, mich auf die Arbeit zu konzentrieren. Was überraschend schwer war, wenn Frau Novak alle fünf Minuten bedeutungsvolle Blicke in Richtung Tür warf.

Beim fünften Blick wurde mir klar, dass etwas im Busch war.

"Kind", sagte sie schließlich mit dieser besonderen Betonung, die nur ältere Damen beherrschten. "Du weißt ja vielleicht, dass der Herr Brinkmann seit einem Jahr Witwer ist..."

Ich erstarrte mitten in der Bewegung, die Kaffeetasse auf halbem Weg zu meinem Mund. Wusste ich nicht. "Frau Novak..."

"Ein sehr angesehener Mann", fuhr sie unbeirrt fort. "Die Apotheke läuft hervorragend, und er hat so ein Herz für alternative Heilmethoden..."

Die Türglocke bimmelte. Frau Novak strahlte. Ich glotzte.

Herr Brinkmann war ... nun ja. Definitiv ein sehr angesehener Mann. Mit sehr angesehenem grauem Haar. Und einem sehr angesehenen Alter von mindestens sechzig. Das meinte sie doch nicht ernst.

"Ach, Herr Brinkmann!" Frau Novak winkte enthusiastisch. "Was für ein Zufall! Setzen Sie sich doch zu uns. Sie kennen doch bestimmt noch die kleine Lina?"

Jonas, der gerade einen Cappuccino zubereitete, hustete verdächtig und blickte über die Theke hinweg halb entgeistert, halb belustigt zu uns herüber.

Die nächste halbe Stunde war ... interessant. Ich lernte mehr über Johanniskraut, als ich je wissen wollte, nickte zu mindestens drei verschiedenen Theorien über die heilende Wirkung von potenzierten Mittelchen und versuchte verzweifelt, nicht Jonas' Grinsen zu bemerken, das immer breiter wurde, während ich jede Lebensentscheidung meiner Vergangenheit zu hinterfragen begann.

"Und was machen Sie beruflich, junges Fräulein?", fragte Herr Brinkmann schließlich mit einem unangenehmen, väterlichen Lächeln. Das hier war so absurd, dass ich schlicht vergaß, es zu stoppen.

Ich war zweiunddreißig, verdammt.

"Redakteurin", murmelte ich in meinen inzwischen kalten Kaffee. "In Berlin."

"Oh, Berlin!" Er schüttelte missbilligend den Kopf. "All dieser Stress dort. Wissen Sie, ich habe da eine wunderbare homöopathische Kur für Großstadt-Symptome..."

Mein Handy vibrierte. Gerettet!

Aber nein. Sandra.

"Lina? Können wir kurz über deinen Zeitplan sprechen?"

Ich flüchtete nach draußen, den besorgten Blick des Apothekers und Frau Novaks enttäuschtes Gesicht im Rücken.

"Sandra, ich..." Ich holte tief Luft. "Es wird länger dauern. Das Haus... es ist einfach zu viel für eine Woche."

Eine Pause am anderen Ende. "Wie lange?"

"Zwei weitere Wochen? Vielleicht drei? Ich kann weiter von hier arbeiten, das WLAN kommt nächste Woche, und..."

"Lina." Sandras Stimme war überraschend sanft. "Vielleicht ist das gar nicht so schlecht."

"Was?"

"Du brauchst eine Pause. Das mit Marc, die letzten Monate... Tut mir leid, dass ich so hart war. Nimm dir die Zeit. Es hilft keinem, wenn du nur halb bei der Sache bist. Wie beim Weber Artikel."

Ich lehnte mich gegen die kühle Hauswand. "Danke."

Als ich wieder reinging, war Herr Brinkmann zum Glück weg. Frau Novak sah mich vorwurfsvoll an. Der Blick hätte wohl eher mir zugestanden, Madame…

"Der Mann hat eine eigene Apotheke, Kind."

"Und bestimmt wunderbare homöopathische Tropfen gegen Verzweiflung", murmelte ich.

Jonas, der gerade meinen Tisch abwischte, schnaubte. "Besser als seine selbstgebrauten Teemischungen. Die riechen wie..."

"Jonas!" Frau Novak klang empört. "Das ist ein sehr angesehener Mann!"

"Mit sehr angesehenem Mundgeruch", flüsterte er mir zu, als er an mir vorbeiging.

Ich verschluckte mich fast an meinem frischen Kaffee. So viel Humor an einem Tag aus seinem Mund war ja fast schon erschreckend.

Der restliche Nachmittag verging mit weiteren vielsagenden Blicken von Frau Novak, unterdrücktem Grinsen von Jonas und dem Versuch, zwischen E-Mails und Artikelentwürfen nicht darüber nachzudenken, dass ich gerade zum ersten Mal seit Monaten wieder richtig gelacht hatte.

Auch wenn es über einen Apotheker mit Mundgeruch war. Ein wenig tat er mir leid. Immerhin war er Witwer.

Am späten Nachmittag leerte sich das Café langsam. Frau Novak war gegangen - nicht ohne mir eine Liste mit den "besten Junggesellen von Seeblick" zuzustecken. Der Apotheker stand auf Platz drei. Das war ja wirklich die Höhe. Aber egal. Hauptsache, ich hatte mich heute ein wenig um die Hausarbeit, wortwörtlich, herumwinden können. Zeit hatte ich jetzt ja wohl genug.

Ich packte gerade meinen Laptop ein, als die Tür aufging. Eine ältere Dame, klein, mit einem dieser typischen Land-leben-Gesichter, die aussahen, als hätten sie schon alles gesehen.

"Martha Bergmanns Nichte, oder?" Sie musterte mich von oben bis unten. "Dachte schon, du kommst gar nicht mehr her."

"Frau Koller", sagte Jonas hinter der Theke. Seine Stimme hatte einen merkwürdigen Unterton.

"Weißt du", fuhr sie fort, als hätte sie ihn nicht gehört,

"deine Mutter hat hier auch immer gesessen. Genau da, wo du jetzt sitzt. Hat Hausaufgaben gemacht, genau wie du später."

Ich erstarrte.

"War ein schlimmer Tag damals, als..." Sie schüttelte den Kopf. "Naja. Martha hat's dann ja gut gemacht mit dir. Auch wenn sie manchmal meinte, sie wüsste nicht, ob sie..."

"Frau Koller." Jonas' Stimme war jetzt definitiv schärfer. "Der übliche Earl Grey?"

Sie winkte ab. "Zu spät für Tee. Wollte nur mal sehen, ob die Kleine wirklich zurück ist. Frau Novak hatte da so etwas erzählt." Sie wandte sich zur Tür. "Schön, dass du da bist, Lina. War Zeit."

Die Türglocke bimmelte. Stille.

Ich starrte auf meinen leeren Kaffeebecher. Meine Hände zitterten leicht.

"Noch einen?", fragte Jonas nach einer Weile.

Ich schüttelte den Kopf. "Ich sollte... Das Haus wartet."

Er nickte nur. Aber als ich zur Tür ging, sagte er: "Sie meint's nicht böse. Die Leute hier... sie erinnern sich eben. Ist ein kleiner Ort."

"Ja." Meine Stimme klang fremd. "Das tun sie wohl."

Draußen war es bereits dunkel. Der November neigte sich dem Ende zu, die Tage wurden kürzer. Drei Wochen also. Drei Wochen, um ein Haus voller Erinnerungen zu sortieren.

Nicht nur Marthas Erinnerungen, wie mir jetzt klar wurde.

Ich musste diesen Ort so schnell ich konnte verlassen.

Ich war schon halb zur Tür raus, als ich stehen blieb. Meine Finger krallten sich in den Türgriff. Komm schon. Frag einfach.

"Das ist vielleicht eine merkwürdige Frage, aber..." Ich drehte mich um, zwang mich, Jonas anzusehen. "Kannten wir uns? Also... früher? Frau Novak sagte, du wärst oft hier gewesen."

Er stellte die Tasse ab, die er gerade polierte. Ein leichtes Schmunzeln umspielte seine Mundwinkel.

"Nicht wirklich." Er griff nach dem Handtuch. "Hab dich ab und zu mit Martha gesehen. Kenne dich eher aus ihren Geschichten."

"Ihren Geschichten?"

"Mhm." Er zögerte kurz. "Ich war öfter hier, hab ihr geholfen. Als es... als es ihr schlechter ging."

Etwas Kaltes kroch meine Wirbelsäule hoch. "Schlechter?"

Das Schmunzeln verschwand. "Du wusstest es nicht. Scheiße tut mir leid. Weißt du, sie war krank, Lina. Schon seit einem Jahr. Daher habe ich ihr auch bei ein paar Dingen unter die Arme gegriffen. Die letzten Monate waren..."

Die Türglocke bimmelte. Ein später Gast kam herein, schüttelte seinen Regenschirm aus.

"Ich sollte..." Jonas deutete Richtung Theke.

"Ja. Klar." Meine Stimme klang heiser. "Ich... danke."

Draußen war der Regen stärker geworden. Ich blieb einen

Moment unter dem Vordach stehen, ließ die kalte Luft meine brennenden Wangen kühlen.

Krank. Martha war krank gewesen. Und ich …

Ein Auto fuhr durch eine Pfütze, spritzte Wasser auf den Gehweg und auf meine Schuhe. Der Apotheker hatte inzwischen das Licht gelöscht. Die Straße lag still und dunkel da, nur die Lichter des Cafés warfen goldene Rechtecke auf das nasse Pflaster.

Drei Wochen also. Drei Wochen, um ein Haus voller Erinnerungen zu sortieren. Sie war krank gewesen. Und ich hatte es nicht gewusst. Sie hatte es mir nicht gesagt.

Kapitel 8: Risse

Die Tasse in Jonas Hand wurde jetzt zum dritten Mal poliert, aber er konnte nicht aufhören. Die mechanischen Bewegungen halfen ihm beim Nachdenken. Über die neue Energiekostenabrechnung, die am Morgen gekommen war. Über die leeren Tische, die sich in letzter Zeit gehäuft hatten. Über sie.

Über die Art, wie sie ihre Haare zurückstrich, wenn sie konzentriert auf ihren Bildschirm starrte. Das kleine Stirn-runzeln, das erschien, wenn sie an einer Formulierung zwei-felte.

Lina Bergmann. Marthas Nichte. Die Frau, die Frau Novak ihm seit Tagen subtil - und manchmal weniger subtil - anzupreisen versuchte.

"Sie braucht jemanden mit Struktur", hatte Frau Novak diesen Morgen wieder angefangen, während sie ihren Darjeeling gerührt hatte. Einer der wenigen Stammgäste, die noch regelmäßig kamen. "Und du brauchst jemanden, der dich mal aus deiner Routine reißt."

Als wäre es so einfach.

Der Vormittag schleppte sich. Herr Stinner mit seiner Zeitung - früher waren es zwei Stunden, jetzt nur noch eine. Eine Gruppe Schüler bestellte Kakao. Die neue Café-Kette am Marktplatz machte sich bemerkbar. Aber Jonas Blick wanderte immer wieder zu ihr. Wie sie ihren doppelten Espresso trank, präzise, konzentriert. Das Strickwerk betonte ihre Augen. Marthas wahrscheinlich.

Gefährlich, diese Gedanken. Warum hatte er sie überhaupt. Milo trottete zu ihr rüber und legte seinen Kopf auf ihr Knie. Sie kraulte ihn gedankenverloren hinterm Ohr, während sie weitertippte. Der Verräter. Als wäre er nicht sein Hund. Seit sie hier war, hatte er seine Geschirrtuch-Diebstähle verdoppelt. Als würde er spüren, dass es sie zum Lachen brachte.

Die alte Espressomaschine zischte protestierend - sie müsste dringend gewartet werden, aber das Budget ... Das Café roch nach frisch gemahlenem Kaffee und den Zimtschnecken vom Bäcker nebenan. Früher hatten sie selbst gebacken. Draußen begann es zu regnen, feine Tropfen, die die Scheiben wie mit einem Schleier überzogen.

Dabei war sie gar nicht sein Typ. Zu kontrolliert. Zu strukturiert. Zu ... vertraut irgendwie. Als würde er in einen Spiegel schauen und seine eigenen Schutzmechanismen sehen. Die Art, wie sie ihre Termine in den Laptop tippte. Wie sie den Kaffee genau drei Zentimeter vom Bildschirm entfernt platzierte. Wie sie manchmal innehielt, tief durchatmete, und dann weitermachte, als könnte sie die Welt durch pure Willenskraft kontrollieren.

Aber dann lachte sie über etwas am Telefon, und etwas in ihm wurde weich. Warm. Als würde ein Sonnenstrahl durch eine Ritze in einer alten Mauer fallen.

Das Café war Annas Lieblingsort gewesen. Sie liebte die Atmosphäre, die alten Holztische, das Klavier in der Ecke. "Hier atmet alles Geschichte", hatte sie immer gesagt. Als es zum Verkauf stand, konnte er nicht anders. Musste es kaufen. Auch wenn er vom Gastronomiegeschäft keine Ahnung hatte. Vielleicht war das ein Fehler.

Leo kam herein, durchnässt vom Regen. Seine Schultasche war schwer von Büchern, sein Gesicht hatte diesen verschlossenen Ausdruck, den er zu gut kannte. Er bestellte seinen üblichen Kakao - einer der wenigen Stammgäste der jüngeren Generation, die nicht zur Konkurrenz abgewandert waren. Er setzte sich in die Ecke neben dem Klavier. Manchmal, wenn er dachte, niemand hörte zu, summte er leise vor sich hin.

"Er hat eine schöne Stimme", flüsterte Lina ihm zu, als er ihr den zweiten doppelten Espresso brachte. Es war das erste Mal heute, dass sie direkt mit ihm sprach, und etwas in seiner Brust zog sich zusammen.

Frau Novak warf ihm einen ihrer wissenden Blicke zu. Sie sah zu viel. Verstand zu viel.

"Sie hat etwas von Martha", hatte sie gestern gesagt. "Diese Art, die Welt zu beobachten. Als würde sie nach etwas suchen."

Er hatte nur gebrummt und eine weitere Tasse poliert. Aber sie hatte recht. Da war etwas Suchendes in Linas Blick. Etwas Unstetes. Als würde sie vor etwas weglaufen - oder auf etwas zulaufen.

Der Nachmittag zog sich. Draußen wurde es früh dunkel, der November forderte seinen Tribut. Die Stammgäste wurden weniger, wie jeden Winter. Die neue Café-Kette hatte Heizpilze auf ihrer Terrasse. Sie konnten sich so was nicht leisten.

Linas Handy klingelte. "Sandra", hörte er sie murmeln. Sie ging nach draußen, ihre Bewegungen präzise, kontrolliert. Aber ihre Schultern waren angespannt. Als sie wiederkam, waren ihre Wangen gerötet von der Kälte.

Er stellte ihr ungefragt den dritten Espresso hin. Sie nickte nur kurz, ohne aufzusehen. Eine Strähne fiel ihr ins Gesicht, und seine Finger zuckten. Wollten sie zurückstreichen.

Stattdessen griff er nach der nächsten Tasse. Polierte. Einmal. Zweimal. Dreimal.

"Du starrst", flüsterte Sarah im Vorbeigehen. Sie war die dritte Aushilfe in diesem Jahr - die anderen konnte er nicht halten. Zu wenig Trinkgeld, zu wenig Stunden.

Tat er nicht. Beobachtete nur. Professionell. Distanziert.

Lügen über Lügen.

Die Tasse in seiner Hand glänzte makellos. Perfekt. Kontrolliert. Wie Lina, wenn sie arbeitete. Wie er, wenn er versuchte, nicht an sie zu denken. Wie die Bücher, die er jeden Monat neu durchrechnete, auf der Suche nach Einsparungen.

Der alte Radiator unter dem Fenster knackte protestierend. Das Café roch nach Kaffee und Regen und Zimt. Nach Alltag. Nach Routine. Nach allem, was er sich mühsam aufgebaut hatte.

Aber die Risse waren da. In der Fassade. In den Finanzen. In seiner sorgfältig aufgebauten Routine. In seiner Entschlossenheit, niemanden mehr heranzulassen. In seiner Überzeugung, dass das Café alles war, was er noch brauchte.

Am Nebentisch plante der Weihnachtsmarkt-Ausschuss die Dekoration. Frau Novak schwärmte von Lichterketten und Glühwein. Die neue Café-Kette würde einen eigenen Stand haben. Lina sah kurz auf, ein flüchtiges Lächeln auf ihren Lippen. Ihre Blicke trafen sich, einen Moment zu lang.

Er wandte sich ab, stellte Tassen um, die schon perfekt standen. Sortierte Untertassen, die keine Sortierung brauchten. Versuchte nicht an die Mahnungen zu denken, die sich in seiner Schublade stapelten.

Die Espressomaschine zischte. Milo klaute ein weiteres Geschirrtuch. Leo summte leise "Silent Night". Das Café lebte seinen gewohnten Rhythmus. Noch.

Nur in ihm war nichts mehr wie gewohnt.

Gefährlich. Und vielleicht genau das, was er fürchtete. Oder brauchte.

Verdammt.

Kapitel 9: Rückfälle

Die Woche nach der Verkupplungsszene verlief wie im Nebel. Ich war tags darauf noch einmal dort gewesen, hatte halb gehofft, dass Jonas noch einmal anfing, über Martha zu erzählen, traute mich selbst aber nicht, es anzusprechen. Er wirkte distanzierter als zuvor. Nicht, dass er zuvor besonders offenherzig und aufgeschlossen war, aber es hatte leichte Risse in seiner Fassade gegeben. Spätestens Frau Novaks völlig deplatzierte Verkupplungsversuche hatten das Eis um ihn herum zum Schmelzen gebracht. Für ein paar Momente genoss ich es richtig, bei ihm im Café zu sein, in seiner Nähe. Dann das mit Tante Martha. Scheiße. In der Folge vermied ich das Café für die Woche, vermied die Menschen, vermied ... alles.

Stattdessen: Arbeit. Kisten. Instant-Nudeln. Repeat. Ich hatte einiges geschafft. Die meisten Zimmer bestanden nur noch aus den Möbeln und Kisten. Allerdings fehlten noch der Dachboden und große Teile des Arbeitszimmers.

Marthas Krankheit nagte an mir. Hatte sie versucht, es mir zu sagen? Hatte ich ihre Anrufe deshalb ignoriert? Ihre

Nachrichten? Und wenn nicht, warum hatte sie es mir nicht gesagt? Hatte sie mir nicht getraut? Wollte sie mich nicht belasten?

Dienstagnacht, zwei Uhr morgens. Ich torkelte die Treppe hinauf ins Gästezimmer und fiel, angezogen, wie ich war, auf das Bett.

Der Wein war billig gewesen, aber effektiv. Drei Gläser zu viel, und Marcs Nummer noch nicht gelöscht. Draußen regnete es, ein gleichmäßiges Trommeln gegen die Fensterscheiben, während ich fahrig den grünen Hörer betätigte.

"Hey Fremde", seine Stimme war rau, vertraut. "Kannst du auch nicht schlafen?"

Ich sollte auflegen. Sollte vernünftig sein. Sollte ...

"Nein."

Eine Pause. Statisches Rauschen. Dann: "Ich vermisse deine Stimme."

Scheiße.

"Marc..."

"Ich weiß. Ich weiß. Aber..." Ein Rascheln. "Was hast du an?"

Ich schloss die Augen. Das war falsch. So falsch. Aber seine Stimme ...

"Das schwarze Negligé", log ich. Es hing seit Monaten unberührt im Schrank in Berlin.

"Das mit der Spitze?" Seine Stimme wurde dunkler. "Fuck, Lina. Erinnerst du dich an die Nacht in Rom?"

Natürlich erinnerte ich mich. Das Hotel. Der Champagner. Seine Hände, die die Spitze hochschoben, Zentimeter für Zentimeter ...

"Ja", hauchte ich.

"Du warst so wunderschön. Bist es immer noch. Ich wette, du siehst jetzt genauso aus wie damals." Seine Stimme wurde rauer. "Berührst du dich?"

Meine Hand wanderte bereits unter die Decke. "Marc..."

"Ich will hören, wie du kommst. So wie damals im Hotel, als ich dich gegen die Fensterscheibe gepresst habe." Ein scharfes Einatmen. "Erinnerst du dich?"

"Ja..." Das Glas war kalt gewesen, sein Körper heiß.

"Du hast gezittert. Nicht wegen der Kälte."

Seine Stimme war jetzt tiefer, gefährlicher. Ich schloss die Augen, ließ mich in die Erinnerung fallen.

"Die Art, wie du dich an mich gepresst hast", murmelte er. "Wie du meinen Namen gestöhnt hast, als ich..."

"Marc..." Meine Finger bewegten sich wie von selbst.

"Genauso. Sag mir, was du willst."

"Ich..." Mein Atem ging schneller.

"Sag es." Eine Forderung. Ein Befehl.

Die Worte kamen wie von selbst, heiser, verzweifelt. Worte, die ich am nächsten Tag bereuen würde. Seine Antworten wurden expliziter, meine Reaktionen unkontrollierter.

Paris vermischte sich mit Berlin. Hotelzimmer mit heimlichen Treffen. Die Erinnerung an seine Hände, seine Lippen, die Art wie er mich berührt hatte, seinen…

Der Orgasmus traf mich wie eine Welle. Ich biss mir auf die Lippen, um nicht zu schreien, während er mich überrollte und erst nach und nach abflaute.

Als es vorbei war, lag ich zitternd da. Die Scham kam sofort.

"Li..."

Ich legte auf. Scheiße. Fuck.

Die Dusche war zu heiß, aber das war okay. Besser als die Tränen zu spüren, die mir die Wangen hinunterrannen.

Am nächsten Tag war ich ein Wrack. Verkatert, traurig und absolut beschämt über die letzte Nacht. Da ich nicht wirklich in der Lage war, aufzuräumen, entschloss ich mich, den nächsten Brief zu öffnen.

"Meine liebe Lina,

heute kam eine junge Mutter ins Café. Sie hatte diesen gehetzten Blick, den alle überforderten Eltern haben. Ihr kleines Mädchen weinte, weil das Eis heruntergefallen war.

Weißt du noch, wie deine Mutter dich damals getröstet hat? Sie hatte immer diese besondere Art, dich zum Lachen zu bringen. 'Wenn man weinen muss, schmeckt hinterher jedes Eis besser', hat sie gesagt. Und es stimmte immer. Vielleicht hast du deshalb dann auch ein wenig zu oft geweint...

Ich vermisse sie auch, Spätzchen. Jeden Tag.

In Liebe, Martha"

Der Brief landete in der "Behalten"-Kiste. Auch wenn es wehtat. Warum hatte sie mir so etwas nicht sagen können. War ich so ein grauenvoller Gesprächspartner?

Der Rest der Woche verschwamm. Donnerstag fand ich ein altes Fotoalbum. Meine Eltern vor dem Café - damals noch "Auszeit". Ich, versteckt hinter Mamas Beinen, vielleicht fünf Jahre alt.

Freitag rief Sandra an.

"Du klingst scheiße."

"Danke."

"Lina..." Sie seufzte. "Willst du reden?"

"Nein." Pause. "Ja." Wieder Pause. "Ich weiß nicht."

"Marc?"

"Auch."

"Auch?"

Ich erzählte ihr von Martha. Von der Krankheit. Von meiner Abwesenheit. Von dem nächtlichen Telefonat der Schande.

"Oh Lina."

"Jap."

Ein paar weitere Gläser Wein später verkroch ich mich weinend in meinem Bett. Nein, nicht mein Bett. Ein Bett.

Samstag: Drei verpasste Anrufe von Marc. Seine Nachricht war ... explizit. Erinnerungen an Dienstagnacht. Fantasien für die Nächste.

Ich löschte alles. Die Nachrichten. Die Fotos. Die Erinnerung an seine Hände, seine Lippen ...

Scheiße. Nur die Nummer, die löschte ich wieder nicht. Schwach Lina. Schwach.

Sonntag fand ich ein altes Schulheft. Mathematik, achte Klasse. Marthas Handschrift am Rand: "Gut gemacht, Spätzchen. Papa wäre stolz."

Ich hatte vergessen, dass sie mich damals schon so genannt hatte.

Der Abend fand mich im Café. Nicht drin - davor. Es war längst geschlossen, aber durch die Fenster konnte ich Jonas sehen, wie er Stühle hochstellte. Für einen Moment trafen sich unsere Blicke.

Ich ging weiter.

Montag: wieder zwei Uhr morgens. Diesmal ohne Wein. Ohne Marc. Nur ich und die Deckenbalken über meinem Bett.

"Es tut mir leid", flüsterte ich in die Dunkelheit. Zu Martha. Zu Mom. Zu Dad.

Zu mir.

Die zweite Woche war vorbei. Noch zu weit zu gehen.

Falls ich überlebte.

Kapitel 10: Gewohnheiten

"Das ist lächerlich", sagte Jonas, aber er hielt Frau Novak trotzdem die Leiter.

"November ist der perfekte Zeitpunkt für Weihnachts-deko", verkündete sie von oben, während sie versuchte, eine Lichterkette über dem Tresen zu befestigen. "Man muss doch planen! Und bald ist der erste Advent."

Ich versteckte mein Grinsen hinter der Kaffeetasse. Doppelter Espresso, wie jeden Morgen um halb zehn. Genau wie Herr Stinner seine Tageszeitung in der Ecke las, wie Leo über seinen Schulbüchern brütete und versuchte so zu tun, als wäre er nicht ein begnadeter junger Sänger wie ...

Moment. Seit wann kannte ich die Routinen aller Stamm-gäste?

"Kind", Frau Novak wedelte mit einem glitzernden Stern in meine Richtung. "Was hältst du von ein bisschen Lametta?"

"Frau Novak, es ist November."

"Eben! Höchste Zeit!" Sie kletterte von der Leiter. "Außer-dem muss das Café doch schön aussehen, wenn der junge Doktor Schneider zum Kaffee kommt."

Ich stöhnte innerlich. Der 'junge' Doktor Schneider war mindestens fünfzig und ihr inzwischen vierter Versuch, mich völlig schamlos und entgegen jedem Menschenverstand zu verkuppeln.

"Ein sehr angesehener Mann", flüsterte Jonas mit perfekter Frau-Novak-Imitation, während er mir nachschenkte. Sein Mundwinkel zuckte.

"Mit sehr angesehenem Mundgeruch?", flüsterte ich zurück.

Sein Lachen überraschte uns beide. Ein kurzer Blick wechselte zwischen uns. Wurde ich rot? Gott, bitte nicht!

"Also", Frau Novak hatte eine weitere Lichterkette ausgegraben. "Wer hilft mir mit dem Fenster? Jonas?"

"Tut mir leid." Seine Stimme war plötzlich anders. Distanzierter. "Keine Zeit für... sowas."

"Ach Junge", sie schüttelte den Kopf. "Irgendwann musst du wieder..."

"Frau Novak." Scharf jetzt. "Nicht."

Die Stille danach war unangenehm. Jonas verschwand in der Küche. Frau Novak seufzte.

"Manchmal", sagte sie mehr zu sich selbst als zu mir, "brauchen Menschen länger, um wieder ans Licht zu kommen." Sie lächelte schwach. "Wie gut, dass wir jetzt Lichterketten haben, nicht wahr?"

Ich wusste nicht, was ich darauf antworten sollte.

Der Rest des Vormittags verlief in einer merkwürdigen Routine, die sich in den letzten Tagen eingeschlichen hatte.

Ich arbeitete an meinem Laptop, Jonas polierte Tassen, Frau Novak dekorierte.

Es fühlte sich ... vertraut an. Zu vertraut. Die Alternative war, allein, zwar inzwischen mit WLAN, in Tante Marthas und meiner eigenen Vergangenheit zu sitzen. Da zog ich tagsüber das Café vor und ignorierte den obszönen Betrag, den ich aktuell für Kaffee ausgab.

"Dein üblicher Cappuccino?", fragte Jonas am Nachmittag.

"Seit wann habe ich einen 'üblichen' Cappuccino?"

Er zuckte mit den Schultern. "Nachmittags wechselst du gern mal auf Cappuccino. Vormittags ausschließlich Espresso. Ist mir aufgefallen."

"Oh." Ich schluckte. "Das ist..."

"Routine?", er lächelte schief. "Erschreckend, oder?"

"Schrecklich." Aber ich lächelte zurück.

Seine Augen blieben einen Moment zu lange an meinen hängen. Dann drehte er sich abrupt um.

"Jonas?"

Er blieb stehen, den Rücken zu mir.

"Was ist mit Weihnachten?"

"Nichts." Seine Schultern spannten sich an. "Absolut nichts."

Er ging, bevor ich mehr Fragen stellen konnte.

Der Rest des Tages zog sich. Ich versuchte zu arbeiten, aber die Worte auf meinem Bildschirm verschwammen. Jonas kam nicht wieder aus der Küche. Stattdessen bediente die junge Aushilfe, die ich neulich schon gesehen hatte.

Frau Novak hatte aufgehört zu dekorieren. Sie saß jetzt mit einer Tasse Tee am Fenster und sah nachdenklich aus. Als würde sie etwas wissen, dass sie nicht sagen konnte. Oder wollte.

Gegen vier wurde es mir zu viel. Die Stille. Die Blicke. Die unausgesprochenen Fragen. Das war ja wie in einer schlechten Kleinstadtgeschichte.

Zu Hause - nein, in Marthas Haus - warteten noch Kisten und mit der Arbeit war ich für heute durch. Zumindest mit dem Allergröbsten. Eine gute Ausrede.

Die kalte Novemberluft traf mich wie eine Ohrfeige. Ich war so hastig aufgebrochen, dass ich meine Jacke vergessen hatte. Egal. Die zehn Minuten würde ich überleben und die Jacke einfach morgen einsammeln.

Ein paar Häuser weiter hing ebenfalls schon die erste Weihnachtsbeleuchtung. Rentiere aus LED-Lichtern, die mechanisch mit den Köpfen nickten. Martha hätte das gehasst. "Weihnachten muss man fühlen", hatte sie immer gesagt. "Nicht so komisch rumblinken." Ich schmunzelte.

Ich hatte vergessen, wie sie Weihnachten gefeiert hatte. Die letzten Jahre war ich ja nie ...

Die Schuldgefühle trafen mich mitten im Schritt. Ich war die letzten drei Weihnachten nicht hier gewesen. Hatte immer eine Ausrede gefunden. Arbeit. Marc. Irgendwas. Es musste einsam für sie gewesen sein.

Im Haus war es still. Zu still. Mechanisch ging ich die

Kisten durch, sortierte, stapelte, versuchte nicht zu denken. Dann fiel mir der nächste Brief in die Hände. Die Handschrift war wieder hastig, als hätte sie schnell etwas aufschreiben müssen.

"Meine liebe Lina,
Ich merke gerade…manchmal verschiebt man Dinge so lange, bis es zu spät ist. Das Telefonat, das man führen wollte. Die Worte, die man sagen wollte. Die Chancen, die man nutzen wollte.
Schieb manche Sachen nicht auf die lange Bank. Du weißt nie, wann es auf einmal zu spät ist.
Ich weiß, wovon ich rede, glaub mir.
Pass auf dich auf, Spätzchen.
Tante Martha"

Ich starrte auf die Worte, bis sie langsam verschwammen. Ich hatte sie einfach im Stich gelassen.
Mein Handy vibrierte. Sandra.
"Wie läuft's? Wann kommst du zurück?"
Zurück. Nach Berlin. In mein "richtiges" Leben.
Ich schrieb: "Alles nach Plan. Nicht mehr lange. Gerümpel fast sortiert."
Den Rest des Abends verbrachte ich unter der Bettdecke verkrochen.

Kapitel 11: Altes bleibt, Neues kommt

Der Makler hatte zum dritten Mal angerufen. "Frau Bergmann, wir bräuchten wirklich die fehlenden Dokumente. Die Interessenten werden ungeduldig." Ich starrte auf die Berge von Papieren vor mir. Marthas Unterlagen waren ein Albtraum aus Ordnern, Akten und losen Blättern. Irgendwo hier musste doch ...

"Nächste Woche", sagte ich zum wiederholten Mal. „Ich melde mich nächste Woche."

"Das sagten Sie letzte Woche auch schon."

Ich legte auf. Ich hatte mich so gefreut, langsam fertig zu werden. Der Weg hier raus hatte wie ein Licht am Ende des Tunnels gewinkt, aber natürlich mussten wieder Dinge dazwischenkommen. Der Schreibtisch im Arbeitszimmer war übersät mit Dokumenten. Grundbuchauszüge, Versicherungspolicen, Kontoauszüge – alles fein säuberlich sortiert, aber in einem System, das nur Martha verstanden hatte.

Zwischen den Papieren fand ich immer wieder kleine Notizzettel in ihrer Handschrift: "Nicht vergessen: Dachdecker im Frühjahr", "Heizungsablesung Dezember", "Neue Fenster?". Sie hatte bis zum Schluss geplant.

Als hätte sie gewusst, dass ich eines Tages hier sitzen würde, ratlos zwischen ihren Lebensunterlagen.

Mein Handy vibrierte schon wieder. Diesmal Sandra.

"Wie sieht's aus mit dem Immobilien-Spezial?"

Richtig. Der Artikel. Deadline nächste Woche.

"Fast fertig", log ich und schob einen Stapel Papiere zur Seite. Ein weiterer Notizzettel fiel zu Boden: "Lina mag die blauen Fliesen in der Küche".

Ich hielt inne, verabschiedete mich kurz angebunden von Sandra, nutzte irgendeine fadenscheinige Ausrede. Ich hatte vergessen, dass ich das mal gesagt hatte. Wann war das gewesen? Bei einem meiner seltenen Besuche? Oder hatte Martha sich das nur eingebildet?

Die Küche war tatsächlich schön. Altmodisch, ja, aber die blauen Fliesen gaben ihr etwas ... Besonderes. Zeitloses. Der potenzielle Käufer würde sie wahrscheinlich sofort herausreißen lassen.

Der Gedanke tat überraschend weh. Es war der einzige Raum, den ich wirklich mochte. Und das nicht nur wegen der Ramen, die dort mit erschreckender Regelmäßigkeit zubereitet wurden.

"Nicht sentimental werden", murmelte ich und griff nach dem nächsten Ordner. "Verkaufswert. Interessenten. Deadlines. Denk einfach daran!" Aber meine Augen wanderten immer wieder zu den Notizzetteln. Marthas akkurate Handschrift, ihre kleinen Anmerkungen, ihre ...

Das Telefon klingelte. Die alte Festnetznummer – wer nutzte die denn noch?

"Bergmann?"

"Lina? Hier ist Emil." Der Klempner von letzter Woche. "Wegen der Heizung – ich hab da noch eine Kleinigkeit, die ich ihnen erklären muss. Kann ich kurz vorbeikommen?"

Natürlich. Die Rohre. Die hatte ich völlig vergessen. "Ja, klar, gerne doch." Von wegen.

Eine Stunde später stand ich im Keller und starrte auf ein Gewirr aus Rohren an der Decke, während Emil mir etwas von "veralteter Installation" und "dringender Modernisierung" erzählte.

"Kostet aber was", schloss er. "Mindestens zwanzigtausend, wenn wir's richtig machen wollen."

Ach du Scheiße. Großartig.

"Kann das nicht der neue Besitzer...?"

Emil schüttelte den Kopf. "Würd ich nicht empfehlen. Bei dem Alter der Anlage könnte jederzeit was passieren. Wär blöd beim Verkauf." Er verschränkte die Arme vorm Blaumann und entschwand kommentarlos mit der Selbstverständlichkeit eines Handwerkers.

Noch großartiger. Und erneut stellte sich mein Zeitplan als nicht belastbar heraus. Dabei hatte mich gerade das doch immer ausgemacht. Was war denn hier los. Es schien beinahe, als wollte der Ort mich wie mit Tentakelarmen ums Verrecken in seinem Schlund behalten. Ich ging hinauf.

Zurück im Arbeitszimmer warteten die restlichen Papierberge. Und neue Nachrichten. Der Makler. Sandra. Die Bank wegen der Erbschaftssteuer. Scheiß drauf.

Ich brauchte Kaffee. Dringend.

Das Café war halb leer, als ich eintrat. Jonas stand wie immer hinter der Theke, polierte Tassen mit dieser mechanischen Präzision, die ich mittlerweile so gut kannte. Das war fast wie bei Cheers oder How I met your Mother. Immer der gleiche Ort. Nur dass es keine Bar war. Aber einen Tresen gab es, das zählte auch.

"Das Übliche?", fragte er, ohne aufzusehen. Ich dachte ‚Nooooorm' und musste minimal schmunzeln.

"Dreifach", murmelte ich und ließ mich auf einen Barhocker fallen. "Mit Extra-Shot."

Er hob eine Augenbraue. "Schlimmer Tag?"

"Schlimme Woche." Ich rieb mir die Schläfen. "Das Haus... es ist einfach so viel. Überall Papiere und Unterlagen und Entscheidungen, es wird immer mehr und..."

"Und?"

"Und ich weiß nicht mal, ob ich das alles richtig mache!" Die Worte platzten aus mir heraus. "Der Makler will Zusagen, die Bank will Unterlagen, Emil will die gesamten Rohrleitungen erneuern – und ich sitze da zwischen Marthas Notizzetteln und frage mich, ob ich überhaupt das Recht habe, über ihr Haus zu entscheiden, wo ich doch nie für sie dagewesen bin!" Mir kamen die Tränen.

Jonas stellte den Kaffee vor mich hin. Dann, nach kurzem Zögern: "Willst du drüber reden?"

Ich schnaubte. "Willst du wirklich den ganzen Kram hören?"

"Warum nicht?" Er zuckte mit den Schultern. "Ist grad eh ruhig." Er hatte recht. Das Café war leer.

Also erzählte ich. Von den endlosen Papierbergen. Von Marthas System, das keins war. Von den Notizzetteln, die überall auftauchten wie kleine Zeitkapseln. Von der Heizung, dem Makler, den Interessenten. Nur von den Briefen erzählte ich noch nichts.

Jonas hörte zu. Nickte an den richtigen Stellen. Schob mir wortlos einen zweiten Kaffee zu, als der erste leer war.

"Weißt du", sagte er schließlich, "vielleicht versuchst du zu sehr, alles auf einmal zu machen."

"Wie meinst du das?"

"Naja." Er wischte einen nicht vorhandenen Fleck von der Theke. "Du willst das Haus möglichst schnell verkaufen, aber gleichzeitig jeden Notizzettel von Martha verstehen, ihre Erinnerungen nicht wegschmeißen. Du willst effizient sein, aber auch... pietätvoll? Das passt vielleicht einfach nicht zu deinem Zeitplan. Vielleicht hast du es nicht erwartet, weil du mit dem Plan herkamst, es möglichst schnell zu erledigen, aber jetzt willst du es richtig machen und wunderst dich, warum es in der kurzen Zeit nicht machbar ist."

Ich starrte in meinen Kaffee. "Und was schlägst du vor?"

"Eines nach dem anderen?" Er zuckte wieder mit den Schultern. "Erst die wichtigen Unterlagen sortieren. Dann die Heizung. Dann der Rest. Solange es eben braucht. Ich habe euch zugehört, deine Chefin hat es dir sogar angeboten. Du Workaholic hast mehr Überstunden als ich Urlaub im Jahr."

"Ich weiß. Das klingt so einfach."

"Ist es auch. Theoretisch." Ein schiefes Lächeln. "Praktisch ist es vermutlich trotzdem ein Albtraum."

Ich musste lachen. "Definitiv ein Albtraum."

"Aber einer, den du nicht alleine bewältigen musst."

Unsere Blicke trafen sich. In seinen Augen lag etwas, das ich nicht ganz deuten konnte.

"Was meinst du damit?"

Er räusperte sich. "Naja, Emil zum Beispiel. Der kennt sich aus mit alten Häusern. Oder Frau Weber – die weiß bestimmt noch, welcher Handwerker was am Haus gemacht hat. Und Frau Novak..." Er grinste. "Die weiß sowieso alles über jeden."

"Stimmt!", rief Frau Novak von ihrem Stammplatz aus. Ich hatte gar nicht bemerkt, wie sie hereingekommen war. Das verdammte Weibsbild. Natürlich hatte sie zugehört. "Kind, wenn du Hilfe brauchst – du musst nur fragen!"

Ich spürte, wie mir die Röte ins Gesicht stieg. Aber irgendwie ... war es okay.

"Danke", murmelte ich. Zu Jonas, zu Frau Novak, zu ... allen irgendwie.

Den Rest des Nachmittags verbrachte ich damit, Marthas Unterlagen zum Haus neu zu sortieren. Wichtiges nach vorne, Persönliches nach hinten, alles auf den entsprechenden Stapel oder in die entsprechende Kiste. Die restlichen Briefe sammelte ich in einer extra Schachtel – für später, wenn ich bereit war.

Zwischendurch klingelte Frau Weber durch. Sie hatte tatsächlich noch die Nummer vom Dachdecker, der vor zwei Jahren die Ziegel erneuert hatte. Und wusste auch gleich, welche Ziegel das waren. Einige Weitere mussten nämlich ebenfalls ausgetauscht werden. Emil schickte einen detaillierten Kostenvoranschlag für die Heizung inklusive Rohrleitungen. Mit Rabatt – "Wegen Jonas", stand in der Notiz. Immer noch sauteuer.

Und abends, als ich auf einen kurzen Abstecher im Café gewesen war und mich auf den Weg nach Hause machen wollte, drückte mir Frau Novak einen Stapel alter Fotos in die Hand. "Hab ich beim Aufräumen gefunden. Das Haus, wie es früher aussah. Vielleicht hilft das ja beim Verkauf." Ich bezweifelte das zwar ernsthaft, nahm sie aber dennoch an. Es war eine nette Geste.

Ich saß noch lange in der Küche und sah mir die Bilder an. Das Haus in verschiedenen Jahrzehnten, die Veränderungen, die Details. Die blauen Fliesen waren schon immer da gewesen.

Irgendwann fiel mir auf, dass ich "nach Hause" gedacht hatte, als ich vom Café wegging. Nicht "zu Marthas Haus". Und diesmal hatte ich mich nicht gedanklich selbst korrigiert.

Kapitel 12: erste Risse

Die Nacht war eine dieser Novembernächte, in denen der Wind an den Fensterläden rüttelte und jedes Knarren im alten Haus wie ein Seufzen klang. Ich lag wach, starrte an die Decke und dachte an Marc.

Nicht an den Marc vom Telefon neulich. Nicht an den Marc der letzten Monate. An den Marc von früher, als alles noch einfach war. Als wir sonntags im Bett lagen und Zukunftspläne schmiedeten. Rom im Herbst. Ein Haus irgendwann. Kinder vielleicht.

Lächerlich, wie naiv ich gewesen war. Auch damals war ich schon nicht glücklich gewesen. Mir war es nur einfach nicht aufgefallen. Vielleicht musste ich ihm sogar dankbar sein für seinen Fehltritt. Auf eine verquere Art und Weise.

Mein Handy leuchtete in der Dunkelheit. Halb drei. Definitiv zu spät – oder zu früh – für solche Gedanken.

Mit einem Seufzen stand ich auf. Das Haus war still, nur die Heizung gluckerte leise vor sich hin. Emils initiale Reparatur hielt, zumindest das.

Ohne nachzudenken fand ich den Weg ins Arbeitszimmer.

Der Sekretär stand wie ein dunkler Schatten neben dem Fenster. Ich zögerte nur kurz, dann zog ich die Schublade auf.

Der nächste Brief fühlte sich dünner an als die anderen. Das Papier war anders, als hätte Martha ihn nicht mit ihrem üblichen Druckerpapier geschrieben. Nicht, dass sie gewusst hätte, wie ihr Drucker funktionierte.

"Meine liebe Lina,

manchmal sieht man Dinge mit anderen Augen, wenn man selbst an einem Wendepunkt steht. Heute beobachtete ich im Café jemanden, der einen schweren Verlust erlitten hat, und es hat mich zum Nachdenken gebracht.

Weißt du, Spätzchen, oft denkt man, man hat alle Zeit der Welt. Man verschiebt Dinge auf morgen, auf nächste Woche, auf irgendwann. Bis man eines Tages erkennt, dass 'irgendwann' vielleicht nie kommt.

Wenn ich sehe, wie manche Menschen mit Verlust umgehen, wird mir klar, wie viel ich selbst bereue. Die Worte, die ich nie gesagt habe. Die Zeit, die ich mir nie genommen habe. Die Chancen, die ich verstreichen ließ.

Ich schreibe dir diese Briefe, weil ich nicht denselben Fehler zweimal machen will. Weil es Dinge gibt, die gesagt werden müssen, auch wenn sie schwer sind. Auch wenn ich es nicht übers Herz bringe, dir das persönlich zu sagen. Weil ich zu egoistisch bin. Zu feige. Verzeih mir.

In Liebe, Tante Martha"

Ich las den Brief zweimal, dreimal. Das Datum – August 2024. Zwei Monate vor ihrem Tod.

Die aufkommende Dämmerung war typisch für einen dieser grauen Novembertage, an denen die Wolken so tief hingen, dass man das Gefühl hatte, sie berühren zu können. Ich brauchte dringend frische Luft. Einerseits berührten mich Tante Marthas Worte, andererseits empfand ich nach wie vor ein mulmiges Gefühl, solange ich hier weilte. Auch wenn ich mich besser fühlte als noch vor einigen Tagen, konnte ich es kaum abwarten, Seeblick wieder den Rücken zuzukehren. Hoffentlich für immer.

Der See, der dem Ort seinen Namen gab, lag nur einen kurzen Spaziergang entfernt. Kiefern und Ahornbäume säumten sein Ufer, sodass er wie aus einer anderen Zeit wirkte. Besonders, wenn es neblig wurde, was hier ziemlich oft vorkam, hatte der Ort etwas Mystisches. Früher war ich oft hierhergekommen, hatte Steine übers Wasser springen lassen und mir eingebildet, die Wellen würden meine Wünsche bis ans andere Ufer tragen, wo sie von zaubernden Zwergen entgegengenommen und an den Weihnachtsmann überbracht wurden. Ein kurzes Lächeln.

Heute kräuselte ein kalter Wind das Wasser. Die Enten hatten sich ans Ufer zurückgezogen, aufgeplustert gegen die Kälte.

"Auch hier draußen?"

Ich fuhr herum. Jonas stand ein paar Meter entfernt, die Hände in den Taschen seiner schwarzen Lederjacke vergraben.

"Brauchte frische Luft", murmelte ich.

Er nickte nur und trat neben mich. Wir standen schweigend da und sahen aufs Wasser.

"Kommst du oft her?", fragte ich schließlich.

"Manchmal." Er bückte sich, hob einen flachen Stein auf. "Hilft beim Nachdenken." Er ließ seinen Arm in einer schnellen Bewegung nach vorn schießen.

Der Stein hüpfte dreimal über die Oberfläche, bevor er versank.

"Martha und ich haben auch oft hier gesessen", sagte ich, mehr zu mir selbst. "Sie mochte es, den Enten zuzusehen. Wir haben sie immer mit Brot gefüttert."

"Ich weiß." Er warf noch einen Stein. "Sie war auch später noch oft hier."

Ich dachte an den Brief. An die Person, die einen Verlust verarbeiten musste.

"Sie hat in einem Brief von jemandem geschrieben", sagte ich vorsichtig. "Von jemandem im Café, der..."

Seine Hand, die gerade einen weiteren Stein aufheben wollte, erstarrte kurz. Dann betont lässig: "Martha hat viel geschrieben."

"Sie erwähnte jemanden, der einen Verlust..."

"In einem Café trifft man viele Menschen." Seine Stimme war plötzlich wieder distanziert. "Jeden Tag neue Geschichten."

"Jonas..."

"Ich sollte zurück. Das Café öffnet sich nicht von allein."

Er ging, bevor ich noch etwas sagen konnte. Seine Schritte waren schnell, fast hastig. ‚Das lief ja super'.

Ich blieb noch eine Weile am See, sah den Enten zu und fragte mich, was ich falsch gemacht hatte. Warum war er so abweisend? Und warum hatte er das Café übernommen, wenn er doch ebenfalls nur durch Zufall wieder im Ort auf-getaucht war – ausgerechnet dieses Café?

Am Nachmittag saß ich wieder an meinem üblichen Platz am Fenster. Jonas bediente wie immer, professionell, distan-ziert. Als wäre unser Gespräch am See nie gewesen.

"Ach Kind", Frau Novak setzte sich mit wissendem Blick zu mir, eine dampfende Tasse in der Hand, als Jonas gerade in der Küche verschwunden war. "Manchmal brauchen Menschen Zeit."

"Womit?"

Sie sah kurz zu Jonas, der nun wieder konzentriert Tassen polierte. "Mit dem Verlust. Mit der Trauer. Mit allem."

"Sie wissen also..."

"Natürlich weiß ich das." Sie tätschelte meine Hand. "Ich weiß alles, das solltest du aber jetzt mal langsam begriffen haben. Aber das ist seine Geschichte. Er wird sie erzählen, wenn er soweit ist."

"War es... war es sehr schlimm?"

Ihr Blick wurde weich. "Jeder Verlust ist schlimm, Kind. Manche sind nur... frischer als andere. Und manche Wunden bleiben länger offen."

Sie stand auf und ließ mich mit meinen Gedanken allein. Draußen zogen Wolken über den Himmel, grau in grau. Wie Jonas' Augen heute Morgen am See.

Ich dachte an Marthas Brief. An ihre Worte über die Zeit, die man zu haben glaubt. An die Dinge, die gesagt werden müssen.

Vielleicht hatte sie recht. Vielleicht war es Zeit, einige dieser Dinge zu sagen. Nur ihr konnte ich nichts mehr sagen. Jetzt stimmte mich das traurig.

Und als ich Jonas ansah, wie er mechanisch Tassen polierte und Bestellungen aufnahm, wusste ich: Ihm ging es genauso. Aber er war offenbar nicht bereit, darüber zu reden.

Und ich? Ich war es vielleicht auch noch nicht. Gott, ich wusste ja noch nicht einmal, ob ich wirklich trauerte. Wie fühlte sich das denn eigentlich an?

Der Tag zog sich, wurde zum Abend. Die Lichter im Café spiegelten sich in den Fenstern, vermischten sich mit der frühen Dunkelheit draußen. Irgendwann war ich die letzte Kundin. Den Laptop hatte ich schon vor einigen Minuten ausgeschaltet.

"Wir schließen", sagte Jonas. Seine Stimme klang müde.

"Ich weiß." Ich stand auf, zögerte. "Jonas?"

"Hm?"

"Danke. Für die Steine heute Morgen."

Ein kurzes Zucken um seine Mundwinkel. Fast ein Lächeln. "Keine Ursache."

Es war ein Anfang. Ein Kleiner vielleicht, aber immerhin.

Das Kratzen von Pfoten auf Holz kündigte Milos Rückkehr aus der Küche an. Er hatte sich in den letzten Tagen verdächtig ruhig verhalten — was, wie ich inzwischen wusste, nie ein gutes Zeichen war.

"MILO", rief Jonas streng, aber es war zu spät. Ich hätte einfach nicht daran denken dürfen.

Mit einem Satz sprang der Hund auf meinen Schoß, seine Pfoten hinterließen feuchte Abdrücke auf meiner Hose. In seinem Maul baumelte stolz ... ein Geschirrtuch?

"Oh nein." Jonas stöhnte. "Nicht schon wieder."

"Wieder?" Ich versuchte, Milo das Tuch abzunehmen, aber er wich geschickt aus.

"Er klaut seit Wochen Geschirrtücher. Keine Ahnung warum." Jonas kam um den Tresen herum. "Letzte Woche hat er drei davon in Frau Novaks Handtasche versteckt."

Ich musste lachen. "Ernsthaft? Warum?"

"Sie hatte Leberwurst dabei." Er verdrehte die Augen. "Anscheinend war das in seinen Augen ein faires Geschäft." Ich musste lachen.

Milo wedelte heftig mit dem Schwanz, das Geschirrtuch wie eine Trophäe präsentierend.

"Komm her, du Dieb", lockte Jonas, aber Milo hatte bereits andere Pläne. Mit einem weiteren Satz sprang er von meinem Schoß und flitzte zur Tür — die just in diesem

Moment aufging.

"Oh!", quietschte Frau Novak, als Milo zwischen ihren Beinen hindurchschoss. "Nicht schon wieder!"

"Tut mir so leid", rief Jonas und eilte hinterher. "Er hat schon wieder..."

"Ein Geschirrtuch gestohlen?" Sie schüttelte den Kopf. "Dieser Hund braucht eine Therapie."

"Er ist in Therapie", murmelte Jonas, während er durch die Tür hastete. "Er ist der Therapeut."

Ich sah Jonas nach, wie er Milo durch den Regen jagte. Frau Novak setzte sich zu mir, während ich versuchte, provisorisch meine Klamotten zu säubern. Was zum Teufel machte sie eigentlich wieder hier. Der Hund wiederum machte keinerlei Anstalten, langsamer zu werden – im Gegenteil. Mit dem flatternden Geschirrtuch sah er aus wie ein sehr zufriedener Superheld auf der Flucht vor bösen Mächten. In diesem Fall dem halb lachenden, halb fluchenden Jonas. ‚Darth Jonas jagt Meister Milo'. Ich prustete.

"Weißt du", sagte Frau Novak, "manchmal denke ich, der Hund weiß genau, was er tut."

"Was meinen Sie?"

Sie deutete durch die Scheibe nach draußen, wo Jonas grade lachend versuchte, Milo einzufangen. "Er lacht nicht besonders oft. Genaugenommen kann nur Milo ihn zum Lachen bringen." Sie lächelte verschmitzt. "Und du natürlich." Ich ignorierte den Zusatz und tat ihn als ihr übliches Kupplungsgeschwätz ab.

Ich dachte an den Brief in meiner Tasche. An die Person mit dem Verlust. An Jonas' Reaktion am See.

"Kaffee?", fragte Jonas zehn Minuten später, tropfnass aber mit zurückerobertem Geschirrtuch. Eigentlich war es viel zu spät und das Café theoretisch bereits geschlossen, aber was sollte es.

"Gerne." Ich lächelte. "Wenn Milo ihn nicht klaut."

Sein Lachen war leise, aber echt.

Kapitel 13: Ein Abend, der alles verändert

Zweieinhalb Wochen. So lange war ich jetzt schon hier. Die To-Do-Liste auf meinem Laptop wurde zwar kürzer, aber irgendwie auch nicht. Für jeden erledigten Punkt kamen zwei neue hinzu.

Immerhin: Die Heizung lief nach wie vor, dank Emil, und die Dokumente waren fast alle verstaut. Der Makler hatte seine vorläufigen Unterlagen, die Bank ihre Formulare. Sogar die Kolumne war pünktlich fertig geworden. Trotzdem fühlte ich mich leer.

"Klingt doch gut", sagte Sandra am Telefon. "Wann kommst du zurück?"

Ich sah aus dem Fenster meines improvisierten Arbeitszimmers. Der November neigte sich dem Ende zu, die Bäume waren inzwischen komplett kahl.

"Noch eine Woche? Vielleicht zwei?"

Eine Pause am anderen Ende. "Lina... ist wirklich alles okay?"

"Klar" log ich. "Nur mehr zu tun als gedacht."

Nach dem Gespräch werkelte ich ein wenig an verschiedenen Stellen im Haus. Ich fühlte mich unruhig. Das Haus war inzwischen ziemlich leer. Wie ich. Außer dem Schreibtisch, den ich nutzte, meinem Bett und den Überbleibseln des Aufräumwahns, wirkte die Einrichtung jetzt seltsam leblos. Kaum zu glauben, vermisste ich wirklich Marthas Gerümpel...? Ich schüttelte den Kopf und machte mich wieder an die Arbeit.

Leo saß an seinem üblichen Platz im Café, als ich später am Tag vorbeikam. Er kritzelte wieder in sein Notizbuch, aber diesmal summte er leise vor sich hin.

"Neue Melodie?", fragte ich im Vorbeigehen.

Er wurde rot, klappte hastig das Buch zu. "Nur... nur irgend so was."

"Er ist wirklich gut", sagte Jonas, während er mir meinen Kaffee brachte. "Will's nur nicht zugeben." Ich bekam ein Déjà-vu.

Leo wurde noch röter und verschwand hinter seinem Notizbuch.

Der Tag zog sich wie Kaugummi. Ich beantwortete Mails, sortierte Papiere, die ich mitgenommen hatte, telefonierte mit der Versicherung. Draußen wurde es jetzt wirklich früh dunkel. Wann war das passiert.

"Wir schließen", sagte Jonas irgendwann.

Ich nickte, machte aber keine Anstalten aufzustehen. Die

Vorstellung, zurück ins stille Haus zu gehen ...

Er musste etwas in meinem Gesicht gesehen haben, denn er hielt beim Aufräumen inne und sah mich kritisch über den Tresen hinweg an. "Noch einen?"

"Gerne."

Er stellte zwei Tassen auf den Tresen, kam um die Theke herum. Setzte sich neben mich.

"Anstrengender Tag?", fragte er.

Ich schnaubte. "Anstrengende Wochen." Die Worte kamen von selbst. "Weißt du, ich dachte, ich komme her, räume schnell auf, verkaufe das Haus und... fertig. Aber du hattest Recht neulich. Es geht mir nahe."

"Und?"

"Und das macht mich noch mehr fertig." Ich starrte in meine Tasse. "Je länger ich hier bin, desto mehr... ich weiß nicht. Martha ist überall. In jedem Raum, in jeder Ecke. Und ich... ich war nie da. Die letzten Jahre. Nicht mal, als sie krank wurde. Gott sie hat es mir nicht einmal gesagt und ich weiß nicht warum."

Seine Hand zuckte, als wollte er sie auf meine legen, hielt aber inne.

"Sie hat mir mehrere Briefe hinterlassen", fuhr ich fort und wusste selbst nicht, warum ich mich nun doch dazu entschied, ihm das anzuvertrauen. "Briefe über alles Mögliche. Über früher, über... das Leben. Und ich frage mich die ganze Zeit: Warum? Warum hat sie mir nicht einfach gesagt, dass sie krank ist? Warum musste ich es von Dir erfahren?"

"Vielleicht wollte sie dich schützen", sagte er leise.

"Wovor? Vor der Wahrheit?" Ich lachte bitter. "Oder wollte sie sich selbst schützen? Vor meiner Reaktion? Vor meinem... Nichtdasein?"

Die Stille zwischen uns wog schwer.

"Sie hat oft von dir gesprochen", sagte er schließlich. "Hier im Café. War stolz auf dich."

"Stolz?" Meine Stimme brach. "Worauf? Dass ich sie allein gelassen habe?"

Er schwieg, drehte seine Tasse zwischen den Händen und schien auf seiner Lippe herumzukauen. Das gedämpfte Licht der Deckenlampe warf weiche Schatten auf sein Gesicht, ließ die feinen Linien um seine Augen tiefer erscheinen.

"Weißt du", sagte er schließlich, so leise, dass ich mich vorbeugen musste, um ihn zu verstehen, "manchmal ist es einfacher, Menschen auf Abstand zu halten. Weil Nähe... Nähe bedeutet auch, dass man sie verlieren kann. Ich bin beileibe nicht das beste Positivbeispiel, aber wahr ist es trotzdem." Er lächelte schief.

Die Worte trafen etwas in mir. Etwas, das ich lange ignoriert hatte.

"Ja", flüsterte ich. "Aber dadurch... dadurch verliert man sie am Ende, gerade wegen des Abstands."

Seine Augen trafen meine, dunkel und unergründlich im dämmrigen Licht. Für einen Moment war da etwas – ein

Verständnis, eine geteilte Wahrheit vielleicht.

Ohne nachzudenken lehnte ich mich zu ihm, mein Kopf bewegte sich in seine Richtung, suchte ... was? Trost? Nähe? Er erstarrte.

"Jonas, ich..."

"Ich sollte abschließen." Er stand so abrupt auf, dass sein Hocker quietschte, an einer Fliesenfuge hängen blieb und laut scheppernd umfiel. "Es ist spät."

"Tut mir leid, ich wollte nicht..."

"Schon gut." Seine Stimme klang gepresst. "Wirklich."

Aber seine Hände zitterten leicht, als er die Tassen wegräumte.

Ich flüchtete praktisch aus dem Café. Die kalte Luft draußen half nicht gegen die Hitze in meinen Wangen.

Was war das gewesen? Dieser Moment? Diese ... Nähe?

Und warum fühlte es sich gleichzeitig so richtig und so falsch an? Warum hatte ich erst fast geweint und ihn dann beinahe geküsst?

Den gesamten Weg nach Hause grübelte ich über Jonas, wobei sich die Gedanken immer wieder auch in Richtung von Marthas Briefen bewegten. Vom Regen in die Traufe.

Auch als ich schon längst im Bett lag, die Decke bis ans Kinn hochgezogen, ratterte mein Hirn unaufhörlich. Ich wollte es stoppen, aber es war eines dieser Gedankenkarusselle, die man einfach nicht zum Stehen bekommt. Sie fahren weiter, bis man an irgendeinem Punkt schließlich einschläft, an den man sich hinterher nicht mehr erinnern kann. Man weiß nur, er kam spät.

Der nächste Morgen kam entsprechend viel zu früh. Ich hatte kaum geschlafen, die Szene vom Vorabend spielte sich immer wieder in meinem Kopf ab. Ich musste mich entschuldigen, sonst würde das nicht aufhören. Ihm klarmachen, dass das ein Versehen war. Dass er das falsch verstanden hatte. Ich hatte ihn natürlich nicht küssen wollen. Wen wollte ich hier belügen, ach egal. Ich vollzog nur das Nötigste an Kosmetik, verzichtete auf Kaffee oder jede Form von "hübsch machen". Vielleicht machte es ihm das etwas leichter. Wenn ich als Vogelscheuche vor ihn treten würde.

Frau Novak saß bereits an ihrem Stammplatz, als ich das Café betrat. Ihr Blick war ... wissend. Natürlich. Wenn die Frau keine Hexe war, dann gab es keine.

"Guten Morgen, Kind", sagte sie mit dieser besonderen Betonung.

Ich murmelte etwas Unverständliches und flüchtete an meinen üblichen Platz. Jonas war nirgends zu sehen.

"Er macht Inventur", sagte Frau Novak grinsend, als hätte sie meine Gedanken gelesen. "Im Keller."

"Ich habe nicht...Ich wollte nicht…"

"Natürlich nicht." Sie nippte an ihrem Tee. "Weißt du, ich wiederhole mich gern, manche Wunden brauchen Zeit zum Heilen."

"Ich weiß immer noch nicht, wovon Sie..."

"Oh doch, das weißt du ganz genau." Ihr Blick war jetzt streng. "Sei vorsichtig, Kind. Mit seinem Herzen. Und mit deinem."

Ich starrte in meinen unbestellten Kaffee. An der Theke werkelte die Aushilfe.

Zeit zum Heilen. Aber wie viel Zeit? Und wessen Wunden eigentlich?

Seine? Meine? Was wollte ich hier überhaupt.

Jonas kam irgendwann aus dem Keller zurück, nickte mir kurz zu. Geschäftsmäßig. Distanziert. Als wäre gestern Abend nie passiert.

"Der übliche?", fragte er, während er die Kaffeemaschine einschaltete.

"Ich..." Der Kloß in meinem Hals kam überraschend. "Ich muss noch zum Haus. Unterlagen sortieren." Ich brachte es nicht über mich.

Frau Novaks Blick folgte mir zur Tür. Ich konnte ihre unausgesprochene Warnung praktisch hören.

Draußen lehnte ich mich einen Moment an die kühle Hauswand. Ein paar Straßen weiter übte jemand Klavierspiel.

Mein Handy vibrierte. Sandra.

"Meeting nächste Woche? Präsenz wäre gut."

Ich starrte auf die Nachricht. Berlin schien plötzlich sehr weit weg. Oder war es näher als je zuvor?

"Kann noch nicht sagen", tippte ich zurück. "Melde mich nachher."

Über mir zogen Wolken auf. Es würde wieder regnen,

typisch November. Aber irgendwie passte das. Zu meiner Stimmung. Zu dieser Stadt. Zu ... allem.

Von drinnen hörte ich Jonas mit einem Kunden lachen. Es klang gezwungen.

Manchmal, dachte ich, während ich langsam die Straße hinunterging, sind die tiefsten Wunden wohl die, von denen wir nicht mal wissen, dass wir sie haben.

Und manchmal erkennt man sie erst, wenn man versucht, sie zu heilen.

Kapitel 14: Schutzwälle

Das Handtuch hatte einen Riss. Jonas starrte darauf, als erhielte er von ihm die Antworten auf alle unbeantworteten Fragen. Er polierte mechanisch die Theke, obwohl das Café längst geschlossen war, obwohl niemand mehr kommen würde, der den Unterschied bemerken könnte. Nur er selbst und die Erinnerungen, die in jeder Ecke lauerten.

Fast hätte er sie geküsst.

Die Erkenntnis traf ihn wie ein Schlag. Der Moment mit Lina – ihre Nähe, ihr Duft, diese Sekunde des Vergessens – hatte etwas in ihm aufgerissen, das er sorgfältig vergraben geglaubt hatte.

Milo lag unter dem Klavier, sein wachsamer Blick folgte jeder Bewegung. Der Hund spürte seine Unruhe. Immer schon hatte er seine Stimmungen gelesen wie ein offenes Buch.

"Du hältst auch nichts von mir, was?", murmelte Jonas. "Feigling."

Milo antwortete mit einem leisen Winseln und legte den Kopf schief.

Jonas warf das Handtuch auf die Theke und ging zur Tür. Verriegelte sie ein zweites Mal, obwohl er wusste, dass sie schon verschlossen war. Routinen. Sicherheit. Kontrolle. Sein Leben bestand aus Schutzwällen, die er sorgfältig errichtet hatte.

Draußen fielen die ersten Schneeflocken. Der Dezember nahte, und mit ihm die schwierigste Zeit des Jahres. Nicht nur emotional. Die Heizungsrechnung vom November lag geöffnet auf dem Schreibtisch in seiner Wohnung oben – 643 Euro. Fast doppelt so viel wie im letzten Jahr. Und der Dezember würde noch teurer werden, wenn der Wetterbericht recht behielt.

Er löschte das Licht im Gastraum und ging durch die Küche zur Treppe, die zu seiner Wohnung führte. Milo trottete hinter ihm her, die Krallen klackerten leise auf dem Holzboden.

Die Wohnung empfing ihn mit gewohnter Stille. Früher hatte in seiner Wohnung immer Musik geklungen. Anna am Klavier, ihre Schüler, die unbeholfen erste Tonleitern übten. Lachen. Leben.

Jetzt nur Stille. Natürlich war es auch eine andere Wohnung, trotzdem war es nach wie vor ungewohnt.

Der Kühlschrank war fast leer, als er ihn öffnete. Ein Rest Käse. Milch. Ein einzelnes Ei. Er sollte einkaufen gehen. Morgen vielleicht.

Die Rechnungen auf dem Küchentisch waren sorgsam gestapelt. Die Bank hatte heute die dritte Erinnerung geschickt. Die Rückzahlung für den Kredit, mit dem er die Renovierung des Cafés finanziert hatte. Drei Monate war er nun im Rückstand. Bald würden freundliche Erinnerungen zu ernsten Mahnungen werden.

Jonas ließ sich auf den Küchenstuhl fallen. Die Zahlen auf dem Kontoauszug verschwammen vor seinen Augen. Minus 4.382 Euro. Die Reserven aufgebraucht. Annas Lebensversicherung, die er für den Kauf des Cafés verwendet hatte. Alles.

Das Lokal hatte nie Gewinn abgeworfen, aber es hatte sich halbwegs getragen. Bis vor einem Jahr. Der erste Winter nach Annas Tod war bereits schwierig gewesen. Dieser würde noch härter werden. Die Gäste wurden weniger. Die Stammkunden kamen seltener. Die neue Café-Kette am Marktplatz lockte mit Billigangeboten.

Er hatte versucht zu sparen. Die eigene Backstube aufgegeben, obwohl die Stammkunden sich beschwert hatten. Die Heizung runtergedreht, obwohl Frau Novak nun mit Schal und Handschuhen dasaß. Längere Öffnungszeiten, Wochenenden – alles, um den Schutzwall aufrechtzuerhalten. Das Café. Annas Vermächtnis.

Und jetzt? Jetzt stand er kurz davor, alles zu verlieren.

Der Gedanke an Lina kehrte zurück, ungebeten, aber unaufhaltsam. Ihre dunklen Augen. Die Art, wie sie ihre Haare zurückstrich, wenn sie konzentriert war. Wie sie lachte – selten, aber wenn, dann von Herzen. Wie sie ihn angesehen hatte, kurz bevor er zurückgewichen war. Als hätte sie etwas in ihm gesehen, das er selbst längst vergessen hatte.

"Was würdest du von mir erwarten?", fragte er die Stille.

Annas Foto auf der Kommode antwortete nicht. Es zeigte sie am Strand, das Haar vom Wind zerzaust, lachend in die Kamera. Sie hätte gewusst, was zu tun war. Anna hatte immer gewusst, was zu tun war.

Milo kam zu ihm, legte den Kopf auf sein Knie. Jonas kraulte ihn mechanisch hinter den Ohren.

"Ich weiß, dass sie zu dir kommt?", sagte er leise zu dem Hund. "Wenn sie glaubt, dass ich es nicht sehe. Sie streichelt dich und flüstert mit dir. Du bist ein Verräter."

Der Hund wedelte schwach mit dem Schwanz.

Der Gedanke an Lina brachte seltsame Gefühle mit sich. Schuld. Verwirrung. Etwas, das sich fast wie Hoffnung anfühlte. Aber konnte er sich das erlauben? Nach allem, was gewesen war? Wie konnte er das rechtfertigen? Seine Finger fanden die Schublade unter der Kommode, zogen sie auf. Die kleine Schatulle lag dort, wo er sie vor zwei Jahren verstaut hatte. Der Ring. Annas Ehering, den er vom Krankenhaus bekommen hatte. Er hatte ihn nie angesehen seitdem. Nicht ein einziges Mal.

Jetzt öffnete er die Schatulle. Der schlichte Goldring glänzte im diffusen Licht der Küche. Er fühlte sich seltsam leicht in seiner Hand an. Klein. Kalt, als gehörte er zu einem anderen Leben.

Milo stieß einen fragenden Laut aus.

"Sie fehlt mir", sagte Jonas leise. "Jeden Tag."

Es stimmte. Aber es war nicht mehr dieser zerschmetternde Schmerz wie noch vor einem Jahr. Es war eine stille Leere. Eine Gewohnheit, fast. Wie das Polieren der Tassen. Wie das Abschließen der Tür. Trotzdem kamen ihm die Tränen. Die Trauer veränderte sich, aber sie wurde nicht weniger.

Eine Weile lang saß er weinend auf seiner Bettkante, den Ring von Anna in den Fingern drehend. Es dauerte, bis die Tränen langsam versiegten und er in der Lage war aufzustehen.

Er schloss die Schatulle wieder, schob sie zurück in die Schublade.

Die Mahnungen auf dem Tisch warteten noch immer.

Morgen würde er zur Bank gehen. Um einen Aufschub bitten. Noch einmal. Es fühlte sich an wie Sisyphusarbeit. Den Stein den Berg hinaufrollen, nur um zu sehen, wie er wieder herunterrollte.

Es gab Interessenten für das Café. Jemand hatte angefragt, ob er verkaufen wolle.

Verkaufen. Das Wort fühlte sich falsch an in seinem Kopf.

Aber was war die Alternative? Zusehen, wie das Café langsam zugrunde ging? Wie die Schulden wuchsen? Wie alles, was Anna geliebt hatte, verscherbelt wurde, Stück für Stück?

Der Gedanke an Lina kehrte zurück.

Sie ging in wenigen Tagen wieder zurück nach Berlin.

Zurück in ihr richtiges Leben. Und er? Er würde hier sein. Mit seinem bröckelnden Schutzwall. Seinen Schulden. Seinen Erinnerungen. Der Unfähigkeit, nach vorn zu schauen.

Wenn er klug wäre, würde er verkaufen. Einen Schlussstrich ziehen. Neu anfangen. Vielleicht wieder unterrichten? Die Schule in Neustadt hatte eine Stelle ausgeschrieben. Geschichte und Musik. Wie früher.

Aber dann müsste er alles zurücklassen. Das Café. Die Erinnerungen. Die Stadt.

"Was würdest du tun?", fragte er wieder in die Stille.

Keine Antwort. Nur der Wind, der um die Ecken des alten Gebäudes pfiff. Und der leise Atem des Hundes, der eingeschlafen war, den Kopf jetzt auf seinem Knie.

Er würde morgen zur Bank gehen. Und dann? Dann würde er entscheiden müssen.

Er dachte daran, was wohl passiert wäre, wenn er Lina geküsst hätte. Wie konnte er überhaupt daran denken? An eine gemeinsame Zukunft? An ein Danach? Es war absurd. Sie kannte ihn kaum. Er kannte sie kaum. Sie stammte aus einer anderen Welt. Einer Welt aus Terminen und Meetings und Deadlines. Aus schicken Cafés in Berlin, in denen ein Latte Macchiato so viel kostete wie hier ein ganzes Frühstück. Nicht, dass er nicht auch die Preise kräftig hatte anziehen müssen.

Und doch ...

Der Dezember wartete am Horizont wie ein Versprechen.

Oder eine Drohung. Es würde schneien in den nächsten Tagen, hatte der Wetterbericht gesagt. Winter in Seeblick. Holzfeuer in den Kaminen. Glühwein auf dem Marktplatz. Die ersten Weihnachtsdekorationen.

Früher hatte er diese Zeit geliebt.

Und jetzt?

Jetzt wartete er nur darauf, dass sie vorüberging. Wie alles andere auch. Wie der Gedanke an Annas Tod kurz vor Weihnachten.

Der Wind frischte auf. Ein Fensterladen klapperte lose an seiner Halterung. Er müsste ihn reparieren. Morgen vielleicht.

Morgen.

Immer morgen.

Kapitel 15: Winterlichter

Der Dezember kam auf leisen Sohlen nach Seeblick. Ein feiner Nieselregen hatte über Nacht die letzten verbliebenen Blätter von den Bäumen gewaschen, und am Morgen glitzerten die nassen Straßen im frühen Winterlicht wie poliertes Silber. Ich war zeitig wach, getrieben von dieser rastlosen Energie, die mich seit Tagen nicht losließ. Das Haus wirkte anders auf mich - nicht mehr bedrohlich fremd wie in den ersten Wochen, aber auch noch nicht vertraut. Ein Zwischenzustand, genau wie ich selbst.

Die Heizung gluckerte zufrieden vor sich hin, Emils neuerliche Reparatur hielt. Fürs Erste. Durch die Küchenfenster sah ich den stahlgrauen Himmel, der sich wie eine Decke über die Stadt legte. Die Art von Morgen, an dem man eigentlich im Bett bleiben sollte.

Stattdessen zog ich mir Marthas alte Strickjacke über, sie roch nach wie vor ein wenig nach ihr, und begab mich mit meinem Laptop auf den Weg zum Café. Die Straßen waren zu dieser Uhrzeit leer, nur eine einzelne Katze huschte über die nassen Pflastersteine.

Als ich um die Ecke bog, hörte ich eine Stimme. Klar und rein schnitt sie durch den Morgen, ein altes Volkslied, das ich vage aus meiner Kindheit kannte. Es kam von der Bushaltestelle gegenüber des Cafés.

Leo stand dort mit seinem Schulrucksack, Kopfhörer in den Ohren, und sang leise vor sich hin, während er auf den Bus wartete. Seine Stimme hatte diese besondere Qualität von ungeschultem Talent - roh, aber mit natürlicher Musikalität. Er bemerkte mich nicht, war zu vertieft in seine Musik. Der Text handelte von verlorener Liebe und Neuanfängen - eines dieser zeitlosen Lieder, die irgendwie immer relevant blieben, auch wenn sie niemand mehr wirklich aktiv zu hören schien.

Drüben im Café ging das Licht an. Jonas schloss die Tür auf, die morgendliche Routine eines Cafébetreibers. Er musste Leo ebenfalls gehört haben, denn er hielt kurz inne, den Schlüssel im Schloss. Für einen Moment sah ich etwas über sein Gesicht huschen - nicht Schmerz, eher eine Art wehmütige Erinnerung in Form eines schiefen Lächelns.

Das Quietschen der Bremsen ließ uns alle zusammenzucken. Der Schulbus war gekommen. Leo verstummte abrupt, riss sich die Kopfhörer aus den Ohren. Erst jetzt bemerkte er mich.

"Oh! Guten Morgen...". Seine Wangen färbten sich rot.

"Hab ich... war ich zu laut?"

"Überhaupt nicht", sagte ich schnell. "Das war wirklich schön."

Er lächelte verlegen, warf einen hastigen Blick zum Café. Jonas war wieder drinnen, durch die Scheiben konnte man sehen, wie er die Stühle von den Tischen nahm.

"Ich muss los", murmelte Leo. "Klassenarbeit heute."

"Viel Erfolg!"

Er nickte, stieg in den Bus. Durch die Scheiben sah ich, wie er sich die Kopfhörer wieder einsetzte, aber diesmal sang er nicht. Ich ging ein paar Schritte am Fenster des Cafés entlang, betrachtete die Lichterketten, die Frau Novak aufgehängt hatte. Sie sahen anders aus im frühen Morgenlicht, weniger festlich.

Jonas kam wieder zur Tür, öffnete sie.

"Warum so früh unterwegs?", fragte er.

Ich zuckte mit den Schultern. "Konnte nicht schlafen."

Er nickte, als würde er das kennen. "Kaffee?"

"Geben Kühe Milch?" Er starrte mich so verständnislos an, dass ich laut anfing loszulachen. "Das heißt ja."

"Ahso", grummelte er. "Komische Art, ja zu sagen."

Das Café roch nach frisch gemahlenem Kaffee und den Pfannkuchen vom Vortag. Jonas trat hinter die Theke, die Bewegungen der morgendlichen Routine so vertraut wie ein alter Tanz.

"Leo hat wirklich Talent", sagte ich vorsichtig, während er den Espresso zubereitete.

Seine Hände hielten kurz inne. "Ja", antwortete er leise. "Das hat er."

"Er hat gerade etwas gesungen, was ich kenne, glaube ich.

Klang nach etwas älterem. Vielleicht aus unserer Schulzeit."

"'Wer weiß wohin'", sagte er. "Das ist ein altes Volkslied." Er schob mir den doppelten Espresso zu. Dann, nach einem kaum merklichen Zögern: "Anna hat es oft mit ihren Schülern gesungen."

"Anna...?" Ich sprach den Namen vorsichtig aus, wie eine Frage. All die kleinen Hinweise der letzten Wochen schienen plötzlich zusammenzufallen. Die bedeutungsvollen Blicke von Frau Novak, Jonas' Reaktion auf die Weihnachtsdekoration, die Art, wie das ganze Café manchmal um bestimmte Themen herumzutanzen schien.

Er stellte die Tasse ab, die er poliert hatte. Seine Finger verharrten einen Moment zu lange auf dem Porzellan, als bräuchte er etwas, woran er sich festhalten konnte.

"Meine Frau", sagte er schließlich, so leise, dass ich mich vorbeugen musste, um ihn zu verstehen. "Sie war Musiklehrerin. Wie ich auch. Wobei ich eher Geschichte unterrichtet habe. In Neustadt. Sie war hier an der Schule. Hat Kindern das Singen beigebracht, Klavierstunden gegeben." Ein schwaches Lächeln huschte über sein Gesicht. "Sie konnte jeden zum Singen bringen. Sogar mich und ich bin definitiv besser mit dem Klavier."

Er holte tief Luft, sein Blick an einem Ort in der Ferne. "Vor zwei Jahren... es war ein ganz normaler Dienstag kurz vor Weihnachten. Regen. Glatte Straße." Seine Stimme brach leicht. "Der andere Fahrer hat das Stoppschild übersehen."

"Oh Gott, Jonas..." Ich griff zuckend nach seiner Hand, hielt aber inne. Die Geste schien zu vertraulich, zu früh.

"Das Café", fuhr er fort, jetzt etwas fester, "es war ihr Lieblingsort. Sie saß immer dort drüben am Fenster, blätterte in Notenheften und trank diesen schrecklichen Früchtetee. Ich habe zu der Zeit nicht hier gearbeitet, war aber oft genug mit ihr hier." Er lächelte wieder, diesmal lag Schmerz darin. "Als das Café nach ihrem Tod zum Verkauf stand... ich konnte nicht zulassen, dass es verschwindet. Dass dieser Ort..., dass ihre Musik..." Er brach ab, griff wieder nach der Tasse, inspizierte sie, als sähe er sie zum ersten Mal. Plötzlich ergab alles Sinn - warum er zurückgekommen war, warum er das Café gekauft hatte, warum er manchmal mitten im Satz abbrach und den Raum verließ.

"Sie hatte diese Theorie", sagte er nach einer Weile, seine Stimme jetzt fester. "Dass jedes Lied seine Zeit hat. Seinen Moment, in dem es perfekt passt." Seine Augen wanderten zu der Bushaltestelle, wo Leo zuvor noch leise vor sich hingesungen hatte. "Er war ihr letzter Schüler. Das war sein erstes Lied mit ihr. Nach dem Unfall... er hat monatelang kein Wort gesungen. Ich würde mich freuen, wenn er wieder richtig damit anfangen würde."

Die Morgensonne fiel durch die Fenster, malte Muster auf den Boden. Draußen fuhr ein Kipplader vorüber und verlor rieselnd Sand.

"Manchmal", sagte Jonas, während er die Tasse endlich wegstellte, "manchmal höre ich ihn morgens singen. Wenn er denkt, niemand hört ihm zu." Er griff nach der nächsten Tasse, aber seine Hände zitterten leicht. "Es ist gut. Dass er wieder singt. Dass die Musik..., dass sie zurückkommt. Und er ist auch gut."

Die Worte hingen zwischen uns wie der Dampf über meinem Kaffee. Nicht schwer, nicht anklagend. Aber voller unausgesprochener Bedeutung. Voller Verlust und vorsichtiger Hoffnung zugleich. Er tat mir leid. Dann wandte er sich ab und ging wortlos hinter die Theke zurück.

Der Rest des Morgens verlief in einer Art gedämpfter Stille. Nicht unangenehm, eher wie die Pause zwischen zwei Liedern. Jonas bediente die ersten Gäste, ich trank meinen Kaffee, und wir beide versuchten so zu tun, als hätte sich nichts verändert. Als hätte er mir nicht gerade sein Herz geöffnet.

Nachmittags machte ich mich nach einem etwas wärmer als sonst ausfallendem "Auf Wiedersehen" wieder in Richtung der ungeliebten Aufräumarbeiten auf. Zu Hause wartete für heute der nächste Brief von Martha. Ich hatte ihn am Morgen herausgelegt, aber nicht den Mut besessen, ihn tatsächlich zu öffnen. Jetzt, im schummrigen Licht meiner Schreibtischlampe, brach ich das Siegel.

"Meine liebe Lina,
weißt du noch, wie dein Vater immer gesagt hat, Musik sei die Spra-

che der Seele? Du hast das damals für einen seiner typischen Papa-
sätze gehalten. Aber manchmal sind die einfachsten Wahrheiten die
wichtigsten.

Musik ist wie eine Brücke - zwischen dem, was war, und dem, was
sein könnte. Zwischen denen, die gegangen sind, und denen, die blei-
ben. Manchmal müssen wir nur den Mut haben, den ersten Ton zu
singen.

Auch wenn die Stimme zittert.
In Liebe, Tante Martha"

Ich faltete den Brief zusammen, lauschte dem Regen, der
wieder eingesetzt hatte. Ein stetiges Trommeln gegen die
Fenster, fast wie eine Melodie. Wie passend. Musik.

Kapitel 16:

Supermarktgespräche

Der Einkaufswagen hatte ein kaputtes Rad. Natürlich hatte er das. Es war einer dieser Tage, an denen alles schief ging, was schief gehen konnte. Erst die defekte Heizung - schon wieder -, dann die unleserliche Schrift auf Marthas alten Rechnungen, die kein Mensch jemals würde entziffern können und jetzt dieser verdammte Wagen, der sich nur mit Gewalt grade aus schieben ließ.

"Links", murmelte ich halblaut. "Der Wagen zieht nach links."

Eine ältere Dame sah mich stirnrunzelnd an, als ich an ihr vorbeischlingerte. Der Wagen machte ein Geräusch wie eine sterbende Krähe.

Die Supermarkt-Regale waren ein Labyrinth aus "Angebot" und "Neu". Irgendwo musste es doch ... Ah, da. Instant-Nudeln. Ich könnte sicher auch mal etwas Richtiges kochen… Ach, wem machte ich etwas vor. Ich konnte nicht kochen.

Der Brief vom vorherigen Tag lag schwer in meiner Jacken-tasche. Marthas Worte hallten noch nach, ihre Erinne-rungen an Mama, an früher. Es fühlte sich an, als würde ich sie erst jetzt richtig kennenlernen. Über ein paar kurze Briefe. Die Frau hatte mich quasi großgezogen und trotz-dem wusste ich vieles nicht. Na ja, vieles besprach man viel-leicht auch nicht gerade mit einer Teenagerin. Außer viel-leicht, dass der erste Kater verdient gewesen war.

Der Wagen quietschte protestierend, als ich um die nächste Ecke bog - und prompt in einen anderen Einkaufswagen krachte.

"Sorry, ich..." Die Worte blieben mir im Hals stecken.

Jonas starrte mich an, seine Hände noch am Griff seines eigenen Wagens. Er trug keine Schürze, kein Café-Outfit. Nur Jeans und einen dunkelgrauen Pullover, der ihm viel zu gut stand. Seine Haare waren vom Wind zerzaust.

"Verfolgst du mich?", fragte er mit hochgezogener Augen-braue.

"Klar, weil mein Leben nicht schon kompliziert genug ist." Die Worte kamen automatisch, eine Verteidigung gegen ... ja, gegen was eigentlich?

Seine Mundwinkel zuckten. "Stimmt, du hast ja alle Hände voll zu tun mit deinem kaputten Einkaufswagen."

"Der zieht nach links."

"Meiner nach rechts. Perfekte Kombination."

Ich musste wider Willen lachen. "Wie Romeo und Julia, nur mit Einkaufswagen."

"Weniger dramatisch." Er betrachtete den Inhalt meines Wagens. "Instant-Nudeln? Ernsthaft?" Etwas in seiner Stimme ließ mich erschauern. Ein anderer Kunde schob sich zwischen uns durch, murmelte etwas von "den Weg versperren".

"Wir sollten..." Ich deutete vage in Richtung der Regale.

"Ja." Er nickte. "Weitereinkaufen." Aber keiner von uns bewegte sich.

"Was kaufst du ein?", fragte ich schließlich, nur um das Schweigen zu brechen.

"Kaffee."

"Im Supermarkt?" Es gelang mir nicht vollständig, die Empörung aus meiner Stimme herauszuhalten. Er lachte. "Nicht fürs Café. Für zu Hause." Eine Pause. "Ich mag schlechten Kaffee."

"Du? Der Kaffee-Snob?"

"Grade deswegen." Er schob seinen Wagen neben meinen, als wäre das das Natürlichste der Welt. "Manchmal muss man die eigenen Standards brechen." Wir schoben unsere ungleichen Wagen nebeneinander her durch die Gänge. Seiner nach rechts ziehend, meiner nach links. Wie ein seltsamer Tanz.

"Keine Instant-Nudeln für dich?", neckte ich, als er Gemüse in seinen Wagen legte.

"Ich koche." Er sah mich von der Seite an. "Richtig kochen, meine ich. Mit Zutaten und so. Nicht das, was du da fabrizierst."

"Angeber."

"Könner." Er griff nach Karotten, prüfte ihre Festigkeit. Seine Hände waren ebenmäßig, bemerkte ich. Kräftig. Sicher. Perfekt zum Klavierspielen, oder ... Halt, stop.

"Du könntest auch kochen lernen."

"Wozu? Instant-Nudeln haben alle Vorteile."

"Außer Geschmack. Und Nährwerte, Vitamine. Und..."

"Okay, okay." Ich hob abwehrend die Hände. "Ich ergebe mich deiner kulinarischen Weisheit." Er legte die Karotten in seinen Wagen. "Ich könnte es dir beibringen." Die Worte hingen zwischen uns wie eine offene Frage.

"Kochen?", fragte ich, obwohl mich das Gefühl beschlich, dass es um mehr ging.

"Zum Beispiel." Seine Stimme war leiser geworden.

Ein Kunde räusperte sich hinter uns. Wir blockierten schon wieder den Gang.

"Tut mir leid", murmelte ich und schob meinen Wagen zur Seite. Er folgte, sein Wagen immer parallel zu meinem.

"Dir tut zu viel leid", sagte er unvermittelt.

"Was?"

"Du entschuldigst dich dauernd. Für alles." Er sah mich direkt an. "Sogar dafür, dass du hier bist."

"Tu ich nicht", protestierte ich, aber die Worte klangen pathetisch.

"Doch." Er blieb stehen, sein Wagen quietschte. "Du entschuldigst dich fürs Atmen. Fürs Existieren. Dafür, dass du Gefühle für deine Tante hast, die dich großgezogen hat."

Ich starrte in meinen Wagen. Die Instant-Nudeln lagen anklagend obenauf.

"Martha hat das auch gemacht", fuhr er fort. Seine Stimme war jetzt sanfter. "Hat sich entschuldigt, weil sie krank war. Weil sie Hilfe brauchte." Der Brief in meiner Tasche wurde schwerer.

"Sie hat dir von mir erzählt", sagte ich. Es war keine Frage.

"Oft." Er lächelte leicht. "Von ihrer kleinen Lina, die Comics hinter Schulbüchern versteckte und Muscheln sammelte."

"Oh Gott." Ich hörte förmlich, wie mir die Röte ins Gesicht stieg. "Was noch?"

"Dass du Kakao nur trinkst, wenn die Sahne halb geschmolzen ist." Seine Augen blitzten. "Dass du beim Lesen die Stirn runzelst. Dass du..."

"Stopp!" Ich hob abwehrend die Hände. "Das ist unfair. Du weißt all diese Dinge über mich, und ich weiß nur, dass du schlechten Kaffee magst. Naja, und das mit deiner Frau."

Er musterte mich eindringlich. "Dann frag mich was."

Die zwei Worte lagen wie eine Herausforderung in der Luft.

"Was soll ich fragen?"

"Alles." Er zuckte mit den Schultern, aber seine Augen ließen mich nicht los. "Was du wissen willst."

Ich holte tief Luft. "Okay. Warum schlechter Kaffee?"

"Weil guter Kaffee nach Arbeit schmeckt." Er ging weiter, ich folgte. "Schlechter Kaffee schmeckt nach Sonntagmorgen. Nach ausschlafen. Nach..."

"Nach was?"

"Nach Freiheit." Er grinste schief.

Wir bogen in den nächsten Gang ein. Gewürze. Backzutaten. Der Geruch von Zimt erinnerte mich an Martha.

"Warum das Café?", fragte ich. "Wenn du lieber schlechten
Kaffee magst. Nur wegen Anna?"

Er schwieg einen Moment. "Nur wegen Anna", sagte er
nickend. "Sie liebte es dort. Die Atmosphäre. Die Musik."
Er lächelte schief. "Als es zum Verkauf stand... es fühlte
sich richtig an. Als müsste ich es bewahren. Für sie."

"Und jetzt?"

"Jetzt..." Er griff nach einer Packung Gewürze, studierte
das Etikett. "Jetzt weiß ich nicht mehr."

Unsere Wagen kollidierten sanft, als wir gleichzeitig stehen
blieben.

"Sie hätte sicher nicht gewollt, dass du dich darin ver-
gräbst", sagte ich leise.

"Nein." Er stellte die Gewürze zurück. "Das hätte sie
nicht."

"Genau wie Martha nicht gewollt hätte, dass ich mich in
Arbeit vergrabe und die Menschen um mich herum und
mich selbst darüber vergesse."

"Ganz genau."

Unsere Blicke trafen sich über die kollidierenden Einkaufswagen hinweg.

"Wir sind ziemlich kaputt, oder?", fragte ich.

Er lachte, ein echtes Lachen diesmal. "Total. Mit kaputten Einkaufswagen."

"Die in verschiedene Richtungen ziehen."

"Vielleicht gleichen sie sich ja aus."

Die Worte hingen zwischen uns.

Eine Durchsage kratzte durch die Lautsprecher - der Laden würde in einer halben Stunde schließen.

"Ich sollte..." Ich deutete vage Richtung Kasse.

"Ja." Er nickte. "Ich auch."

Aber keiner von uns bewegte sich.

"Jonas?"

"Hm?"

"Würdest du mir wirklich Kochen beibringen?"

Seine Augen wurden weicher. "Würdest du es lernen wollen?"

"Vielleicht." Ich lächelte. "Wenn der Lehrer gut ist."

"Der Beste bin ich nicht."

"Nein?" Ich trat einen Schritt näher. "Woran merkt man das?"

"Ich vergesse manchmal, den Herd auszumachen." Seine Stimme war leiser als zuvor. "Und ich mag schlechten Kaffee."

"Klingt nach einem hoffnungslosen Fall."

"Absolute Katastrophe."

Wir waren uns so nah, dass ich seinen Atem auf meiner Haut spüren konnte. Die Durchsage kreischte erneut. Wir zuckten auseinander wie ertappte Teenager.

"Ich..." Ich räusperte mich. "Ich sollte wirklich..."

"Ja." Er trat einen Schritt zurück. "Ich auch."

Wir schoben unsere Wagen Richtung Kasse, immer noch parallel, immer noch in verschiedene Richtungen ziehend. An der Kasse ließ er mich vor - "Damen mit kaputten Einkaufswagen zuerst" - und half mir beim Einpacken.

Seine Finger streiften meine, als er mir die letzte Tüte reichte. Der Kontakt war wie ein elektrischer Schlag.

"Danke", murmelte ich.

"Gern." Er zögerte. "Wegen dem Kochen..."

"Ja?"

"Morgen? Nach Ladenschluss?"

Mein Herz hüpfte kurz wie ein zu hart geworfener Flummi. "Im Café?"

"Ich habe auch eine Küche zu Hause." Er fuhr sich durch die Haare. "Also, wenn du..."

"Ja." Das Wort kam zu schnell, zu atemlos. "Ich meine... klar. Warum nicht."

Er lächelte. Ein echtes Lächeln, das seine Augen erreichte. "Gut."

"Gut."

Wir standen da, zwei Erwachsene mit Einkaufstüten, wie Teenager vor dem ersten Date.

"Also dann..." Er deutete Richtung Ausgang.

"Ja." Ich nickte. "Bis morgen."

"Bis morgen."

Der Weg nach Hause war verschwommen, wie im Traum.

Die Instant-Nudeln in meiner Tasche fühlten sich plötzlich falsch an. Morgen. Kochen lernen. Bei ihm zu Hause.

Vielleicht, dachte ich, während ich die Tüten in Marthas - in meine - Küche trug, war es Zeit für Veränderung. Zeit, etwas Neues zu lernen. Nicht nur Kochen.

Der Brief in der Tasche war leichter. Als hätte Martha gelächelt, irgendwo da oben, über ihre kleine Lina, die endlich anfing, die richtigen Fragen zu stellen. Morgen. Ich konnte es kaum erwarten.

Kapitel 17: Dezemberfrost

Der Makler rief an, als ich auf dem Weg zum Supermarkt war. Erneut. Natürlich hatte ich über das Gespräch mit Jonas hinweg schlicht vergessen, Wasser einzukaufen. Hoffentlich hatte der Markt noch geöffnet. Der Weg war zwar nicht weit, aber die Durchsage hatte deutlich "30 Minuten" gesagt.

"Frau Bergmann, wir müssen über den Verkaufspreis sprechen. Die aktuellen Energiekosten..." Ich blieb stehen, der Schnee knirschte unter meinen Stiefeln. Um mich herum verwandelte sich Seeblick in ein Winterwunderland. Überall in der Stadt wurden Buden aufgebaut, Lichterketten gespannt, Tannenbäume platziert. Der erste richtige Frost hatte die Straßen mit einer dünnen Eisschicht überzogen.

"...und natürlich die Heizungsanlage. Ohne eine grundlegende Sanierung..."

"Kommen Sie zum Punkt", unterbrach ich ihn und wich einer Gruppe Männer aus, die einen Tannenbaum für den Weihnachtsmarkt schleppten.

"Wir müssen den Preis anpassen. Nach unten. Deutlich

nach unten."

Ich atmete scharf ein. "Wie deutlich?"

"Mindestens zwanzig Prozent."

"Das ist nicht Ihr Ernst."

"Die Heizung allein wird den Käufer fast..."

"Ich melde mich", unterbrach ich ihn und legte auf.

Wunderbar. Das hatte mir gerade noch gefehlt. Mit deutlich schlechterer Laune ging ich weiter Richtung Supermarkt. Auf dem Marktplatz herrschte bereits reges Treiben. Der fünfzigste Weihnachtsmarkt sollte etwas ganz Besonderes werden, hatte die Bürgermeisterin angekündigt.

"Vorsicht, Stromkabel!"

Ich sprang zur Seite, als Leo und seine Freunde eine lange Kabeltrommel über den Platz rollten. Sie hatten sich freiwillig für die Technik der Musikbühne gemeldet.

"Entschuldigung", rief Leo. "Die ist schwerer als gedacht." Der Kulturbeauftragte der Stadt stand mit hochrotem Kopf zwischen halb aufgebauten Lautsprechern und blätterte hektisch in seinen Unterlagen. Gott sei Dank, der Supermarkt hatte noch auf. Drinnen lief jetzt "Last Christmas". Die Kassiererin summte mit, während sie mechanisch Waren über den Scanner zog. Neben mir stand Frau Weber in der Schlange, ihr Einkaufswagen voller Backzutaten.

"Die Plätzchen-Schlacht beginnt wieder", seufzte sie, als sie meinen Blick bemerkte. "Jedes Jahr das gleiche Theater. Alle Damen vom Kirchenchor wollen die besten Plätzchen für den Weihnachtsmarkt backen. Als ob es darauf ankäme."

"Geht's nicht um den guten Zweck?", fragte ich.

Sie schnaubte. "Sag das mal Frau Krause. Die hat letztes Jahr behauptet, ich hätte ihr Rezept gestohlen. Dabei backe ich diese Zimtsterne schon seit dreißig Jahren!"

"Meine Tante Martha meinte immer, Ihre wären die besten", sagte ich, bevor ich darüber nachdenken konnte.

Frau Webers Gesicht wurde weich. "Ja, sie kam jedes Jahr an meinen Stand. Das Rezept hatte sie von mir. Manchmal hat sie es nicht geschafft zu backen, da hat sie meine besorgt, während du in der Schule warst. Sie hatte zu viel damit zu tun, alles am Laufen zu halten."

Ich schluckte. Daran konnte ich mich nicht erinnern. Ich nickte ihr freundlich zu, dann verschwand ich mit den neuen Errungenschaften wieder in der kalten Abendluft.

Draußen hatte es wieder angefangen zu schneien. Dicke Flocken fielen vom grauen Himmel. Mein Atem bildete kleine Wolken in der kalten Luft. Vor dem Rathaus war ein Filmteam vom Regionalsender aufgebaut. Die Bürgermeisterin gab ein Interview, eingemummelt in einen dicken Mantel.

"...der 50. Weihnachtsmarkt in Seeblick wird etwas ganz Besonderes", hörte ich sie sagen. "Wir haben viele Überraschungen geplant..."

Ein Windstoß fegte über den Platz, riss an den Planen der halb aufgebauten Buden. Die Kameraleute kämpften mit ihrem Equipment.

Mein Handy vibrierte. Sandra.

"Wie wäre es mit einer Reportage über Weihnachtsmärkte im Wandel der Zeit? Klein gegen groß, Tradition gegen Kommerz?"

Ich sah auf die Buden, die Lichter, die geschäftigen Menschen. Seeblicks Weihnachtsmarkt war immer klein gewesen, familiär. Selbst die Bürgermeisterin half beim Aufbau, wenn sie nicht grade vor der Kamera stand.

"Mache ich", schrieb ich zurück. Endlich mal ein Artikel, der sich nicht gezwungen anfühlte.

Auf dem Rückweg kam ich an der Schule vorbei. Die Fenster waren mit Sternen und Schneeflocken aus Papier geschmückt. Aus der Aula drang Musik - der Schulchor probte für den Markt.

Eine Frau stand am Zaun, lauschte dem Gesang. Ich erkannte sie als Leos Mutter - sie kam gelegentlich ins Café, um ihren Sohn aufzugabeln. Er vergaß ständig die Zeit.

"Er könnte da drin sein", sagte sie leise, als ich näherkam. "Er hat eine wunderbare Stimme. Aber seit..." Sie brach ab.

"Seit Anna", ergänzte ich. Die Worte kamen von selbst nach Jonas' Erzählung.

Sie nickte. "Sie hat immer an ihn geglaubt. Hat gesagt, er muss nur den Mut finden, seine Stimme zu zeigen." Ein trauriges Lächeln. "Vielleicht eines Tages."

Ich ging weiter. Der Schnee fiel jetzt dichter. Die Straßenlaternen waren längst an, ihre Lichter durch die wirbelnden Flocken gedämpft. Aus den Fenstern der Häuser strahlten bereits die ersten Adventsdekorationen.

Die weihnachtliche Atmosphäre machte mich irgendwie traurig. Wie vieles andere auch. Einen Augenblick vermisste ich das lockere Gespräch mit Jonas.

Zu Hause wartete der letzte Brief von Martha. Ich würde ihn später lesen. Jetzt erst mal die Getränke verstauen, die gefrorenen Füße aufwärmen, vielleicht mit dem Artikel anfangen. Und irgendwie diese zwanzig Prozent verkraften. Die Preissenkung würde ein gewaltiges Loch in meine Planungen reißen.

Der Weihnachtsmarkt würde in einer Woche eröffnen. Seltsam, wie schnell die Zeit vergangen war. Fast einen Monat war ich jetzt schon hier. Länger als geplant. Teurer als geplant. Emotionaler als geplant.

Mein Blick fiel auf den Kalender an der Wand. Noch drei Wochen bis Weihnachten. Früher war das immer Marthas große Zeit gewesen. Sie hatte gebacken, dekoriert, Geschenke liebevoll eingepackt.

Die letzten drei Jahre war ich nicht hier gewesen.

Dieses Jahr würde alles anders sein. Aber vielleicht war das gar nicht so schlecht. Vielleicht war es Zeit für neue Traditionen. Neue Erinnerungen.

Der Schnee fiel weiter, verwandelte Seeblick in eine Postkarte. Fünfzig Jahre Weihnachtsmarkt. Dreißig Jahre Zimtsterne. Ein Junge, der vielleicht wieder singen würde. Ein Haus, das weniger wert war als gedacht.

Und ich mittendrin, allerdings nicht mehr lange. Das meiste war geschafft, und wenn ich bereit war, auf ein wenig Kaufpreis zu verzichten, könnte ich in wenigen Tagen abreisen. Doch zum ersten Mal fühlte sich abreisen nicht mehr ganz so verlockend an wie noch wenige Tage zuvor. Irgendetwas an diesem Ort hatte seine Wirkung auf mich entfaltet. Kaum zu glauben.

Kapitel 18: Kochschule

Warum zum Teufel hatte ich zugesagt? Mit zitternden Fingern stand ich vor der schmalen Treppe hinter dem Café und starrte nach oben, als würde dort der Eingang zur Hölle warten. Die Stufen waren ausgetreten, das alte Geländer sah aus, als würde es bei der kleinsten Berührung zusammenbrechen. Irgendwo gluckerten Heizungsrohre - ein Sound wie aus einem Horrorfilm.

Die Flasche Wein in meiner Hand war schon warm vom nervösen Festhalten. Billiger Franzose, den ich hastig im Supermarkt gegriffen hatte. Vermutlich würde Jonas einen Blick darauf werfen und innerlich leicht die Augen verdrehen.

"Willst du Wurzeln schlagen?"

Seine Stimme von oben ließ mich zusammenzucken. Er lehnte im Türrahmen, Arme verschränkt, eine Augenbraue hochgezogen.

"Ich... ähm..." Sehr eloquent, Lina. Wirklich.

"Die Treppe beißt nicht." Er wartete einen Moment. "Ich allerdings schon, wenn du den Wein fallen lässt."

"Sehr einladend", murmelte ich, aber meine Füße setzten sich endlich in Bewegung.

Seine Wohnung war ... anders. Keine sterile Barista-Höhle - stattdessen Bücher. Überall Bücher. An den Wänden, auf Regalen, in Stapeln neben einem abgenutzten Ledersessel. Literatur, Geschichte, Musik. In der Ecke ein altes Klavier, der schwarze Lack stumpf vom Alter.

"Nicht das, was du erwartet hast?" Er nahm mir die Weinflasche ab, sein Blick huschte kurz übers Etikett. Seine Mundwinkel zuckten. Ha, wusste ich's doch.

"Ehrlich gesagt nein. Ich dachte an eine Art Operations-Küche. Steril. Mit alphabetisch sortierten Gewürzen."

"Die sind nach Verwendungshäufigkeit sortiert", korrigierte er trocken. "Ich bin ja nicht irre."

Die Küche war klein, aber perfekt organisiert. Kupfertöpfe hingen von der Decke, am Fenster wuchsen Kräuter in Tontöpfen. Auf der Arbeitsplatte stand ein Korb mit Gemüse - als hätte jemand ein Foodblog-Foto nachgestellt.

"Beeindruckend", sagte ich. "Fast wie bei einem echten Erwachsenen."

"Sagt die Instant-Nudel-Königin." Er band sich eine dunkelblaue Schürze um. "Hier." Er warf mir eine Zweite zu. "Damit du keinen Grund hast, wegzurennen."

"Hey. Warum sollte ich..."

"Ein Scherz", unterbrach er lachend.

Unwillkürlich musste ich ebenfalls anfangen zu lachen und so prusteten wir ohne wirklichen Grund gemeinsam drauf los.

Ein Krachen von der Tür durchbrach das Lachgelage. Milo stand im Rahmen, ein Geschirrtuch zwischen den Zähnen.

"Wirklich?", sagte Jonas, nach wie vor kichernd, zu ihm. "Ausgerechnet jetzt?"

Der Hund trottete seelenruhig zur Heizung, ließ sich fallen und begann methodisch, das Tuch zu zerfleddern.

"Sollten wir nicht...?"

"Lass ihn." Jonas seufzte. "Er hat einen geheimen Vorrat. Keine Ahnung wo." Er reichte mir ein bedrohlich scharfes Messer. "Hier. Zwiebeln würfeln. Und bitte versuche, alle Finger dran zu lassen."

"Sehr ermutigend."

"Realistisch." Er trat hinter mich. "Erst die Zwiebel halbieren." Seine Hände legten sich über meine, führten das Messer. Der Geruch von Kaffee und etwas Würzigem. Mein Puls machte Dinge, die er definitiv nicht tun sollte.

"Dann in Streifen", fuhr er fort, seine Stimme nah an meinem Ohr. "Dann quer."

Konzentrieren. Auf die Zwiebel. Nicht auf seine Nähe. Nicht auf die Wärme seiner Hände. Nicht auf ...

Das Messer rutschte ab.

"Scheiße!"

"Alles dran?" Er klang amüsiert.

"An mir schon. Die Zwiebel..." Ich deutete auf den unförmigen Haufen auf dem Brett.

"Das ist... kreativ." Er trat zurück, musterte das Chaos.

"Niemand ist SO ungeschickt. Du tust nur so."

"Vielleicht." Ich drehte mich zu ihm um. "Vielleicht gefällt mir auch der Unterricht."

Etwas blitzte in seinen Augen auf. Dann räusperte er sich, wandte sich ab. "Pasta", sagte er schroff. "Die kannst selbst du nicht ruinieren."

"Unterschätz mich nicht."

Die nächste Stunde verlief in einem seltsamen Tanz aus Instruktionen ("Mehr Salz. MEHR. Das Wasser muss schmecken wie der Pazifik."), Neckereien ("Für einen Ex-Lehrer bist du erstaunlich ungeduldig." - "Für eine Journalistin bist du erstaunlich begriffsstutzig.") und dem Versuch, nicht noch mehr zu ruinieren.

Die Pasta glitt ins kochende Wasser wie ein goldener Wasserfall.

"Frische Pasta", erklärte Jonas. "Vom Italiener am Markt. Selbstgemachte wäre zu viel für den Anfang."

"Zu viel für mich, meinst du."

"Das hast du gesagt."

Milo hatte sein Geschirrtuch aufgegeben und beobachtete uns interessiert. Seine Nase zuckte, als der Duft von Tomaten und Gewürzen die Küche füllte.

"Keine Chance", sagte Jonas zu ihm. "Das ist nichts für Hunde."

Milo legte den Kopf schief, sein Blick wanderte zwischen uns hin und her.

"Er plant was", warnte ich.

"Er plant immer was. So wie du immer arbeitest."

Ich ignorierte den Seitenhieb. "Die Sauce riecht fantastisch."

"Überrascht?"

"Dass der grummelige Barista kochen kann? Total."

Er reichte mir den Löffel. "Probier."

Die Sauce war perfekt. Reich, würzig, mit einer Schärfe, die erst nach dem zweiten Moment kam.

"Und?"

"Geht so", log ich.

Seine Mundwinkel zuckten. "Lügnerin."

Der Schnee vor den Fenstern wurde dichter. Die Heizung gluckerte zufrieden, Milos leises Schnarchen mischte sich mit dem Brodeln der Sauce.

Jonas schöpfte eine Kelle Nudelwasser ab, bevor er die Pasta abgoss. Das salzige Wasser kam in die Sauce, zusammen mit der Pasta. Eine letzte Prise Salz, frisches Basilikum von der Fensterbank.

"Fertig", sagte er und griff nach Tellern. "Außer du willst noch was ruinieren."

"Sehr witzig."

Wir aßen am kleinen Küchentisch. Die Stadt draußen war ein Aquarell aus Lichtern und Schatten.

"Zu scharf?", fragte ich, als er nach seinem Wasserglas griff. Ich hatte heimlich extra Chili nachgelegt.

"Perfekt", log er nicht besonders überzeugend.

"Lügner."

"Quatsch, niemals."

"Das sieht aber ganz anders aus." Ich grinste ihn über mein Glas hinweg an. Das Schweigen, das folgte, war anders als am Anfang des Abends. Nicht mehr angespannt. Eher ... erwartungsvoll.

"Vermisst du es?", fragte ich vorsichtig. "Das Unterrichten?"

Er strich mit dem Finger über den Rand seines Glases. "Manchmal." Eine Pause. "Öfter in letzter Zeit."

Ich nickte. Griff, ohne nachzudenken, nach seiner Hand. Seine Finger verschränkten sich mit meinen.

Ein Krachen ließ uns zusammenzucken. Milo hatte es irgendwie geschafft, den Korb mit dem restlichen Gemüse vom Tresen zu fegen. Tomaten rollten über den Boden wie kleine rote Fluchthelfer.

Der Moment war gebrochen.

"Ich sollte gehen", murmelte ich und stand auf. "Es ist spät und..."

"Ja", sagte er zu schnell. "Natürlich."

An der Tür drehte ich mich noch einmal um. "Danke. Für den Unterricht."

"Danke fürs Nicht-Abbrennen meiner Küche."

"Das wäre dir recht geschehen."

"Wahrscheinlich."

Wir standen da, keiner bewegte sich.

"Gute Nacht, Jonas."

"Gute Nacht, Lina."

Der Schnee fiel jetzt dichter. Die Treppe knarrte unter meinen Schritten, als ich nach unten ging. Oben klickte seine Tür ins Schloss.

Draußen blieb ich kurz stehen, ließ die kalte Luft meine erhitzten Wangen kühlen. Mein Herz pochte mir bis zum Hals. Nein, aus dem Hals heraus. Ich hörte es sogar in meinen Ohren.

Verdammt. Das würde kompliziert werden.

Kapitel 19: Loyalitäten

Die Küche roch noch immer nach Basilikum und Tomaten. Jonas stand am Fenster, betrachtete die Lichter von Seeblick, die durch den leichten Schneefall glitzerten. Die Stadt hatte sich in eine Winterlandschaft verwandelt, während er mit Lina gekocht hatte. Ein perfekter Dezemberabend. Fast zu perfekt.

Ihre Berührungen – zufällig, flüchtig – hatten ein Kribbeln hinterlassen, das er nicht mehr ignorieren konnte. Die Art, wie sie lachte. Wie sie konzentriert die Zwiebeln zu schneiden versuchte und sie damit unweigerlich dem Untergang geweiht hatte. Wie sie ihn angesehen hatte, als er von seiner Vergangenheit als Lehrer erzählte. Als hätte sie etwas in ihm erkannt, das er selbst vergessen hatte.

Milo lag auf seinem Kissen in der Ecke, das gestohlene Geschirrtuch zwischen den Pfoten. Der Hund beobachtete ihn aufmerksam, als wüsste er genau, welcher Kampf in seinem Inneren tobte.

"Was soll ich tun?", fragte Jonas leise in den Raum hinein.

Es war eine dumme Frage. Er wusste, was er tun sollte. Was

vernünftig wäre. Abstand halten. Weitermachen wie bisher. Lina würde in wenigen Wochen nach Berlin zurückkehren, in ihr wirkliches Leben. Diese Wochen hier – sie waren nur eine Unterbrechung für sie. Ein Intermezzo zwischen den Kapiteln ihres Lebens.

Für ihn aber?

Er ging zum Bücherregal, zog ein altes Fotoalbum heraus. Die Seiten waren vergilbt, die Ecken abgestoßen. Das letzte gemeinsame Jahr mit Anna. Paris im Frühling. Die Berge im Sommer. Der Strand im Herbst. Aufnahmen aus einer anderen Zeit. Einem anderen Leben.

Die letzte Seite zeigte Anna am Klavier, umringt von ihren Schülern. Das Konzert im Café, eine Woche vor dem Unfall. Leo stand ganz vorne, damals noch strahlend, ohne diese stille Trauer in den Augen. Anna hatte dieses besondere Talent, Menschen zu öffnen.

"Du fehlst hier", flüsterte Jonas. "Jeden Tag."

Er schlug das Album zu, aber das Bild blieb vor seinem inneren Auge. Anna, die Leo ermutigte. Anna, die ihm – Jonas – immer wieder sagte, er solle sich nicht in der Vergangenheit verlieren.

Ihre letzten Wochen waren von einer seltsamen Klarheit geprägt gewesen. Als hätte sie unbewusst jede Minute ihres verbleibenden Lebens bewusst leben wollen. Das Klavier in der Ecke seines Wohnzimmers war seit zwei Jahren nicht gestimmt worden. Er spielte nicht mehr. Die Tasten staubten ein, während die Erinnerungen verblassten. Nicht ihre

Stimme. Nicht ihr Lachen. Aber die Einzelheiten – die genaue Nuance ihrer Augen im Sonnenlicht, die exakte Melodie ihres morgendlichen Summens beim Kaffee-kochen. Diese Dinge verblassten. Sogar ihr Gesicht kam in seinen Erinnerungen teilweise nur noch verschwommen vor. War das Verrat?

Ein Klopfen an der Tür riss ihn aus seinen Gedanken. Wer konnte das sein? Es war fast zehn.

"Jonas?" Frau Novaks Stimme, gedämpft durch die Tür. "Ich weiß, es ist spät, aber ich habe Licht gesehen."

Er öffnete, überrascht von ihrem späten Besuch. Sie stand im Flur, in einen dicken Mantel gehüllt, eine Tupperdose in den Händen.

"Die Tür unten war offen. Und ich hab Reste von meinem Abendessen", erklärte sie und drückte ihm die Dose in die Hand. "Rindergulasch. Du isst zu wenig."

"Danke, aber ich habe gerade erst gegessen".

Ein wissendes Lächeln huschte über ihr Gesicht. "Darf ich kurz reinkommen? Es ist kalt im Treppenhaus."

Er trat zur Seite, ließ sie eintreten. Milo sprang sofort auf, begrüßte Frau Novak wie einen alten Freund. Sie kraulte ihn hinter den Ohren, während ihr Blick durch die Woh-nung schweifte. Blieb an dem offenen Fotoalbum auf dem Tisch hängen.

"Anna", sagte sie sanft. "Sie fehlt mir auch. Dem ganzen Ort."

Jonas schluckte. Stellte die Tupperdose auf den Küchentisch. "Möchten Sie einen Tee?"

"Gerne." Sie setzte sich auf den Stuhl am Fenster – Annas Platz, fiel ihm auf. Als gehörte er ihr.

"Weißt du, als mein Albert gestorben ist, habe ich mich zurückgezogen. Genau wie du. Das ist jetzt zwanzig Jahre her und ich erkenne erst jetzt, wie falsch das von mir war. Auch ich hatte Schuldgefühle. Und ich bereue nichts mehr, als dass ich nicht weitergemacht habe. Dass ich einfach versackt bin. Ich wirke vielleicht manchmal wie eine unmögliche alte Schrulle, aber euch sture Kinder muss man manchmal zu ihrem Glück zwingen." Sie schwieg einen Moment. Jonas blickte sie verständnisvoll an. "Und wahrscheinlich bin ich neidisch, weil ich viel zu alt und viel zu störrisch bin, als dass ich noch einmal neu anfangen könnte." Er nickte langsam. Sie hatte nie von ihrem verstorbenen Mann erzählt. Das musste vor Seeblick gewesen sein. "Das tut mir leid", antwortete er nur.

Sie lächelte verständnisvoll. "Und jetzt erzählst du mir, was dich wirklich umtreibt."

"Mich? Nichts." Er setzte Wasser auf. "Es ist spät, das ist alles."

"Jonas." Ihr Ton war sanft, aber bestimmt. "Ich kenne dich seit du jung warst und mit deinem Vater kurz nach mir in den Ort gezogen bist. Ich weiß, wann dich etwas umtreibt."

Er seufzte, lehnte sich gegen die Küchenzeile. Was sollte er sagen? Dass er Gefühle für eine Frau entwickelte, die in wenigen Wochen verschwinden würde? Dass er sich deswegen wie ein Verräter an Annas Andenken fühlte? Dass das Café kurz vor dem Bankrott stand? Dass alles auseinanderfiel?

"Es ist kompliziert", sagte er schließlich.

"Das Leben ist immer kompliziert oder hast du mir gerade nicht zugehört", entgegnete sie. "Deshalb brauchen wir andere Menschen, um es zu entwirren."

Der Wasserkocher klickte. Jonas goss das heiße Wasser über die Teebeutel, reichte ihr eine Tasse.

"Es geht um Lina", sagte Frau Novak ohne Umschweife. Es war keine Frage.

Jonas erstarrte. "Woher...?"

"Ach, Junge." Sie lächelte milde. "Es ist offensichtlich. Die Art, wie du sie ansiehst. Wie sie dich ansieht. Dieser Tanz, den ihr beide aufführt – sich nähern, wieder zurückziehen. Wie zwei Planeten, die umeinander kreisen."

Er starrte in seinen Tee, als enthielte er die Antworten auf alle Fragen. "Es ist nicht so einfach."

"Wegen Anna?"

"Ja." Er sah auf, traf ihren Blick. "Und nein. Es geht nicht nur um Anna. Es geht darum, dass Lina in zwei Wochen wieder weg sein wird. Zurück in Berlin. In ihrem echten Leben."

"Und woher weißt du, dass das hier nicht ihr echtes Leben sein könnte? Dass sie mit ihrem aktuellen Leben nicht vielleicht unzufrieden ist?"

Die Frage traf ihn unvorbereitet. Er hatte nicht einmal

daran gedacht, dass sie bleiben könnte. Dass es eine Möglichkeit geben könnte, die über diese Wochen hinausging.

"Sie hat eine Karriere in Berlin", sagte er. "Eine Wohnung. Einen Ex, der sie zurückwill. Eine Chefin, die auf sie wartet."

"Und das bedeutet, dass sie nicht wählen kann? Dass sie nicht entscheiden kann, was sie wirklich will?"

Er schwieg.

Frau Novak nahm einen Schluck Tee. "Weißt du, was ich an Anna am meisten bewundert habe?"

Die unerwartete Frage ließ ihn aufblicken.

"Ihre Fähigkeit, die Zukunft zu sehen. Nicht wie eine Wahrsagerin", sie lachte leise, "sondern wie jemand, der versteht, was wirklich wichtig ist. Sie hat immer gesagt: 'Das Leben ist zu kurz, um Angst zu haben.' Erinnerst du dich?"

Er nickte. Es war fast wörtlich das, was Anna immer wieder gesagt hatte. Fast wie ein Mantra.

"Sie meinte damit nicht nur ihre eigene Zeit", fuhr Frau Novak fort. "Sie meinte auch deine." Draußen hatte der Schneefall zugenommen. Die Flocken wirbelten im Licht der Straßenlaternen wie Tänzer in einem lautlosen Ballett.

"Das Café steht vor dem Aus", sagte Jonas leise. Es war das erste Mal, dass er es laut aussprach. "Ich bin pleite. Die Heizkosten, die Stromrechnung, der Kredit – ich kann es nicht mehr stemmen."

Frau Novak nickte langsam. "Ich weiß. Die kalten Tassen am Morgen, die höheren Preise, Sarah, die nur noch halbtags arbeitet. Die Anzeichen waren da."

"Ich habe versagt." Die Worte schmerzten in seiner Kehle. "Ich konnte Annas Erbe nicht bewahren. Nicht einmal das."

"Oh, Jonas." Sie lehnte sich vor, legte ihre Hand auf seine. "Das Café war nie Annas Erbe. Es war nur ein Ort. Ein wunderbarer Ort, ja. Aber nicht ihr Vermächtnis."

"Was dann?"

"Die Musik. Die Freude, die sie verbreitet hat. Die Leben, die sie berührt hat. Leo, der wieder singt – oder singen könnte, wenn er den Mut fände. Du, der weiterleben könnte – wenn du dich nur trauen würdest."

Die Worte hingen zwischen ihnen, wahr und schmerzhaft zugleich.

"Ich weiß nicht, wie", gestand er.

"Doch, das tust du." Sie stand auf, stellte ihre Tasse in die Spüle. "Du weißt genau, wie. Du hast nur Angst, es zu tun." Sie ging zur Tür, drehte sich noch einmal um.

"Denk daran, was Anna gesagt hat, Jonas. Das Leben ist zu kurz, um Angst zu haben. Ob du das Café verkaufst oder nicht – mach es, weil du es willst. Nicht, weil du glaubst, keine andere Wahl zu haben."

Die Tür fiel leise hinter ihr ins Schloss. Jonas blieb allein zurück, mit seinen Gedanken und dem sanften Atem des schlafenden Hundes.

Er ging zum Klavier, öffnete den Deckel. Staubpartikel tanzten im Licht. Seine Finger schwebten über den Tasten, berührten sie nicht. Noch nicht.

Der Gedanke an Lina kehrte zurück, stärker diesmal. Ihr Lachen in seiner Küche. Die Leichtigkeit, die sie mitbrachte. Die Art, wie sie ihn sah – nicht als den Mann, der er war, oder den Mann, der er gewesen war. Sondern als den Mann, der er sein könnte.

War das Verrat an Anna? Oder war es genau das, was sie gewollt hätte?

Seine Finger berührten die Tasten, zögernd zuerst, dann sicherer. Die Melodie war alt, vertraut. Annas Lieblingsstück. Chopin. Nocturne in E-Dur. Nicht perfekt nach all der Zeit. Aber echt. Lebendig.

Eine Träne fiel auf die Elfenbeintasten. Er ließ sie fließen, spielte weiter.

Milo kam zu ihm, legte den Kopf auf sein Knie. Eine stille Präsenz in diesem Moment des Wandels.

Als die letzten Töne verklangen, wusste Jonas, was er tun würde. Was er tun musste. Für Anna. Für sich selbst.

Für Lina?

Ja, vielleicht auch für sie. Wenn sie es wollte. Wenn sie bereit war, eine verpasste Chance in eine ergriffene zu verwandeln.

Er würde es herausfinden. Morgen.

Kapitel 20: Dezembernacht

Der Duft von Basilikum und Tomatensoße hing immer noch in meiner Nase, als ich am nächsten Abend wieder unter die Dusche trat. Der Kochabend bei Jonas hatte mich mehr berührt, als ich mir eingestehen wollte. Seine ruhigen Anweisungen, als er mir zeigte, wie man Zwiebeln richtig schneidet. Die geschickten Bewegungen seiner Hände beim Abschmecken der Sauce. Das Lachen, als ich die Pasta beinahe überkochte. Es hatte sich so alltäglich angefühlt. So normal. So richtig. Während das Wasser über mich hinwegströmte, fragte ich mich, wie es wäre, zu bleiben. Nicht nur für ein paar Wochen, sondern länger. Bei ihm. In Seeblick. Aber dann dachte ich an Berlin. An meine Karriere. An die Redaktion, die auf mich wartete. Konnte ich das wirklich aufgeben für ein vages Gefühl? Für einen Mann, den ich kaum kannte? Ich drehte das Wasser ab und griff nach dem Handtuch. Zeit, mich auf die Arbeit zu konzentrieren.

Die letzten Unterlagen waren fällig. Ein Karton noch. Das Arbeitszimmer des Hauses war jetzt, wie die restlichen

Räume bereits seit einigen Tagen, vollkommen leer. Der Sekretär war ausgeräumt, das Regal bis auf das eine Brett geleert, selbst der alte Schreibtisch mit der klapprigen, 1870 sicher modisch gewesenen, Holzklappe. Ordner, Quittungen, Versicherungspolicen - alles fein säuberlich sortiert. Martha hätte ihre Freude daran gehabt. Und ganz hinten, zwischen zwei vergilbten Umschlägen, ein weiterer Brief. Nicht an mich adressiert diesmal.

"Für Jonas" stand in Marthas geschwungener Handschrift auf dem Umschlag. Das Papier fühlte sich anders an als bei meinen Briefen, älter vielleicht. Das Datum – einige Jahre zurück.

Ich starrte auf den Umschlag. Las die zwei Worte immer wieder. Für Jonas.

Die Standuhr im Flur schlug Elf. Draußen war es längst dunkel, der Dezember forderte seine Nächte früh ein. Durch die Fenster konnte ich weit die Straße hinunter die Lichter des Weihnachtsmarkts sehen, gedämpft durch den leichten Schneefall.

Ich hätte bis morgen warten können. Hätte den Brief beim Frühstück übergeben können, zwischen Cappuccino und Croissant. Aber meine Finger zitterten bereits, als ich in meine Stiefel schlüpfte. Natürlich war ich neugierig, wollte ihn aber nicht einfach aufmachen. Das gehörte sich wirklich nicht. Also machte ich mich, so dick eingekleidet, wie ich es eben konnte mit dem spärlichen Bisschen an Kleidung, was ich mitgenommen hatte, auf den Weg.

Das Café war nur noch minimal beleuchtet, als ich ankam. Jonas stand hinter der Theke, zählte die Kasse. Die letzten Gäste waren längst gegangen, nur Milo lag noch unter einem der Tische und träumte sicherlich von mit Leberwurst gefüllten Handtaschen.

Die Türglocke bimmelte vertraut, als ich eintrat. Jonas sah auf.

"Wir haben eigentlich schon..."

"Ich weiß." Ich zog den Brief aus der Tasche. "Aber ich habe etwas gefunden. Der ist an dich adressiert."

Er runzelte die Stirn, kam um die Theke herum. Seine Augen weiteten sich, als er die Handschrift erkannte.

"Das ist von..." Seine Stimme brach.

Ich nickte. "Von Martha. Er lag zwischen den Unterlagen für ihre Gebäudeversicherung, eine von 1957 wohlgemerkt."

Seine Finger streiften meine, als er den Umschlag nahm. Ein kurzer Moment Elektrizität, dann zog er seine Hand zurück, als hätte er sich verbrannt.

"Willst du... einen Drink?", fragte er, den Brief fest umklammernd. "Ich hätte da einen guten Rotwein." Er stockte. "Nichts Besonderes, ich schenke normalerweise nicht viel Alkohol aus, aber den nutze ich manchmal zum Kochen, also kann er nicht so schlecht sein."

"Gerne."

Er verschwand kurz in der Küche, kam mit einer dunkelroten Flasche und zwei bauchigen Gläsern zurück, die er auf dem Tresen nebeneinander abstellte. Seine Hände zitterten leicht, als er einschenkte.

"Auf Martha", sagte ich leise.

"Auf Martha."

Der Wein war gut, schwer und samtig. Wir standen an der Theke, tranken schweigend. Der Brief lag zwischen uns wie ein unausgesprochenes Versprechen.

"Ich sollte ihn wohl lesen", murmelte er schließlich.

"Nur wenn du möchtest."

Er nahm einen großen Schluck, dann brach er das Siegel. Mein Gott, wer besaß heutzutage eigentlich noch Siegelwachs. Oder einen Siegelring. Martha hatte wirklich ein Faible für alte Dinge gehabt. Seine Augen flogen über die Zeilen, wurden feucht. Ich wollte wegsehen, konnte es aber nicht.

"Das ist... das ist von kurz nach Annas Tod", flüsterte er. "Sie hat..." Er brach ab, las weiter.

Ich wartete, während er las. Sein Gesicht zeigte so viele Emotionen auf einmal - Schmerz, Überraschung, und etwas, das fast nach einem Lächeln aussah.

"Sie schreibt, dass sie nicht gut mit Worten ist", sagte er schließlich. "Dass sie mir das alles eigentlich persönlich sagen wollte, aber nicht konnte. Dass sie weiß, wie sehr ich Anna geliebt habe, und dass..." Seine Stimme brach. "Dass ich weitermachen muss. Dass Anna das gewollt hätte. Nicht aufgeben, sondern... einen neuen Weg finden."

Er legte den Brief auf die Theke, seine Finger strichen über das Papier. "Sie hat ihn mir nie gegeben. All die Monate..."

"Vielleicht", sagte ich leise, "weil du es schon getan hast. Das Café... das war dein Weg, oder?"

Er nickte langsam. "Ja. Ja, das war es." Ein schwaches Lächeln. "Martha hat das gesehen. Hat gesehen, dass ich es versuche. Dass ich kämpfe. Es ist…schwer." Er atmete tief durch. "Ich weiß, dass ich nicht perfekt bin, aber Anna war mein Gegenpol, meine sprichwörtlich bessere Hälfte. Ohne sie weiß ich nicht mehr, was mich eigentlich ausmacht, was ich gut kann, was nicht. Deshalb bleibe ich lieber für mich, immer noch. Martha war die Einzige, die in mir nicht nur den Witwer gesehen hat, daher habe ich ihr gern geholfen."

"Sie war gut darin, Menschen zu sehen", murmelte ich. "Auch wenn sie nie die richtigen Worte fand, es ihnen zu sagen."

Ein Lachen, halb erstickt. "Ja. Ja, das war sie."

Er faltete den Brief zusammen, seine Bewegungen vorsichtig, als könnte das Papier zerfallen. Eine Träne löste sich, fiel auf seine Hand. Ohne nachzudenken, wischte ich sie weg.

Unsere Blicke trafen sich. Seine Augen waren dunkel im gedämpften Licht, voller unausgesprochener Worte. Meine Hand lag immer noch auf seiner.

"Lina..."

Die Art, wie er meinen Namen sagte, ließ mich erschauern. Der Wein in meinen Adern machte alles weicher, verschwommener. Wärmer.

"Wir sollten das nicht", flüsterte ich, aber meine Finger verschränkten sich mit seinen.

"Nein", stimmte er zu, während er näherkam. "Definitiv nicht."

Sein Kuss schmeckte nach Wein und Sehnsucht. Nach zu langer Einsamkeit und zu vielen unterdrückten Gefühlen. Meine Hände fanden seinen Nacken, sein Haar, während seine mich näher zogen, als könnten wir verschmelzen.

"Oben", murmelte er zwischen Küssen. "Meine Wohnung..."

"Ja."

Die Treppe hinter dem Café war schmal, dunkel. Wir stolperten mehr hinauf, als dass wir gingen, hielten immer wieder an für weitere Küsse. Seine Hände auf meiner Haut brannten, ließen mich zittern.

Der Alkohol flutete meine Sinne und ich wollte an nichts anderes mehr denken als an ihn. Seine Lippen fanden meinen Hals, mein Schlüsselbein. Ich zerrte an seinem Hemd, wollte mehr spüren, mehr fühlen.

"Sicher?", fragte er atemlos.

Statt einer Antwort küsste ich ihn wieder, ließ meine Hände unter sein Hemd wandern, zog es ihm aus. Seine Haut war warm, weich. Er stöhnte leise. Ich verlor meine Klamotten, wie wusste ich nicht, und wir landeten auf seinem Bett, ein Gewirr aus Gliedmaßen und nackter Haut. Auch seine Hose fand ihren Weg in hohem Bogen auf einen kleinen Sessel. Seine Unterhose folgte. Ich drückte seinen Oberkörper zurück, setzte mich auf ihn und entledigte mich auch meines BHs. Seine Finger zeichneten Muster auf meiner Haut, meinen Brüsten, meiner Leiste, während ich ihn erforschte, jeden Zentimeter seines Bauchs, seiner Arme. Er zog mich zu sich.

"Ich will dich", flüsterte er mir leise ins Ohr. Und ich war absolut gewillt, ihm diesen Wunsch zu erfüllen.

Der Rest der Nacht verschwamm zu einem Rausch aus Berührungen, Seufzern, leisem Lachen. Der Wein machte uns mutiger, die Einsamkeit hungriger. Zwischendrin erzählten wir uns Geschichten, kleine Geständnisse in der Dunkelheit. Dinge, die tagsüber niemals zur Sprache gekommen wären. Und währenddessen köpften wir auch eine zweite und eine dritte Flasche Wein.

Der Morgen kam zu früh. Und mit ihm der Kater. Ich war wirklich keine zwanzig mehr. Mattes Winterlicht fiel durch die Fenster, malte Schatten an die Wand. Die Realität kroch langsam zurück und mit ihr kamen die Zweifel.

Jonas schlief noch, sein Arm um meine Taille geschlungen. Er sah friedlich aus, jünger. Die Sorgenfalten auf seiner Stirn waren verschwunden.

Vorsichtig löste ich mich aus seiner Umarmung. Meine Kleidung lag verstreut auf dem Boden, vermischt mit seiner. Wie eine Metapher für die vergangene Nacht. Was hatten wir getan. Und warum war das so verdammt gut gewesen. Doch es war nicht richtig. Berlin…

"Bleib."

Seine Stimme war rau vom Schlaf. Ich erstarrte, halb angezogen.

"Ich glaub, ich kann nicht", flüsterte ich.

"Warum nicht?"

"Weil..." Ich schluckte, dachte nach. "Weil das hier nicht funktionieren kann. Ich muss zurück nach Berlin. Ich habe einen Job, du hast dein Leben hier, wir sind beide nicht..."

"Fertig mit der Vergangenheit?", unterbrach er mich bitter. "Oder läufst du einfach wieder weg? Wie damals bei Martha?"

Die Worte trafen wie ein Schlag. Warum sagte er so etwas. "Das ist nicht fair."

"Nein?" Er setzte sich auf, das Laken rutschte von seiner Brust. Er seufzte. "Aber du läufst weg, Lina. Vor allem und jedem. Vor Martha, jetzt gerade vor mir, vor dir selbst." Er schüttelte den Kopf. "Du wärst einfach gegangen, ohne mich aufzuwecken!"

"Ich laufe nicht weg", protestierte ich schwach. "Und wie kannst ausgerechnet du so etwas sagen? Vor allem habe ich ein Leben, was auf mich wartet!"

"Ja. Aber ist das wirklich das, was du willst?"

Mein Handy vibrierte in meiner Jackentasche. Sandra.

Ich war verwirrt. "Ich muss da ran gehen." Er nickte nur lethargisch. "Lina? Großes Projekt reinbekommen. Life-style-Special, deine Chance. Wenn du zeitnah zurückkommen könntest ..."

Ich starrte auf das Display, dann zu Jonas. Er hatte sich abgewandt, den Blick stur aus dem Fenster gerichtet.

"Ich... ich melde mich", sagte ich zu Sandra und legte auf.

Die Stille im Raum war erdrückend. Draußen begann es wieder zu schneien.

"Ich sollte wirklich gehen. Das war ... ein wunderschöner Fehler, aber es war einer", murmelte ich.

Er nickte nur, immer noch zum Fenster gewandt.

An der Tür drehte ich mich noch einmal um. "Jonas, ich..."

"Geh einfach."

Ich ging.

Der Weg nach Hause war lang und kalt. Der Schnee knirschte unter meinen Füßen, während Sandras Worte in meinem Kopf kreisten. Zeitnah zurückkommen. Chance. Berlin.

Aber Berlin fühlte sich plötzlich sehr weit weg an.

Und zum ersten Mal war ich mir nicht sicher, ob das schlecht war.

Kapitel 21: Flucht

Pro-Kontra-Listen hatten mir schon immer geholfen. Heute funktionierte nicht einmal das.

Die zerknüllten Zettel auf dem Küchentisch waren der beste Beweis. "Gründe zu bleiben" auf der einen Seite, "Gründe zu gehen" auf der anderen. Berufliche Perspektiven gegen ... was eigentlich? Ein Café? Einen Mann mit ebenso vielen Problemen, wie ich sie hatte? Eine Kleinstadt, die sich anfühlte wie eine zu enge Jacke, die mich konsequent an meine Fehler erinnerte?

Zwischen den Listen stand ein halb ausgetrunkener Kaffee. Selbst gekocht, weil ich mich nicht ins Café getraut hatte. Er schmeckte scheußlich. Alle Kisten waren gepackt. Sämtliche Möbel geleert. Der Dachboden gecheckt. Und meinen Koffer hatte ich schon direkt nach dem Nachhausekommen gefüllt, beziehungsweise wahllos vollgestopft.

"Das ist lächerlich", sagte ich zu der leeren Küche. "Du bist zweiunddreißig. Kein Teenager nach der ersten Liebesnacht." Obwohl es sich fast danach angefühlt hatte. Nur sehr, sehr viel besser.

Mein Handy vibrierte. Sandra, zum dritten Mal heute.

"Das Projekt wäre perfekt für dich. Große Chance. Aber wir brauchen dich hier dafür. Überleg es dir, aber kein Druck. Ich weiß, gerade ist alles etwas viel. Du solltest dir sicher sein."

Ich starrte auf die Nachricht. Dann auf die zerknüllten Listen. Dann auf den Heizungskostenanschlag, der wie ein stummer Vorwurf auf der Anrichte lag. Zwanzigtausend Euro. Wer hatte schon zwanzigtausend Euro für eine Heizung? So ein Scheiß.

"Bin morgen da", tippte ich zurück und verstaute das Handy in der Hosentasche.

Die Entscheidung fühlte sich richtig an. Praktisch. Vernünftig. Erwachsen.

Alles andere war Sentimentalität. Ein Café, das nicht meins war. Ein Mann, der noch an seiner toten Frau hing. Eine Stadt, in die ich schon seit Jahren nicht mehr hingehörte. In die ich wahrscheinlich sowieso niemals gehört hatte.

Die nächste Stunde verbrachte ich damit, hektisch das ganze Haus auf den Kopf zu stellen bei der Suche nach potenziell vergessenen Utensilien. Ich wollte auf keinen Fall darauf angewiesen sein, hierher zurückzukehren. Ich hatte Tante Martha geliebt, wirklich. Und ich hatte sie vernachlässigt. Das sah ich ein und es tat mir leid. Aber es war auch die richtige Entscheidung gewesen, zu studieren und in die Stadt zu ziehen. Sonst wäre ich nicht die Person geworden, die ich war. Die wichtigsten von ihren Unterlagen landeten in der Tasche. Den Rest würde ein Entrümpelungsdienst regeln. Einige Sachen einlagern, einige andere entsorgen. Den Hauptteil entsorgen. Kostete zwar extra, war aber immer noch billiger als die neue Heizung.

Der erste Zug ging um elf. Perfekt.

Marthas letzter Brief fand ebenfalls ihren Weg in meine Tasche. Das brachte ich jetzt nicht über mich. Den konnte ich später ... irgendwann ..., wenn ich Zeit hatte ...

"Lügnerin", hörte ich Jonas' Stimme in meinem Kopf.

Ich schüttelte sie ab und warf noch ein paar Pullover, die ich im Bad vergessen hatte, in den Koffer. Der Reißverschluss protestierte. Ich hatte doch kaum etwas mitgenommen. Warum zum Teufel war das Scheißding jetzt voller als vorher. Ich ignorierte geflissentlich die Tatsache, dass jeder Schimpanse die Kleidung und Unterlagen besser sortiert hätte. Wäre das eine Runde Tetris gewesen, hätte ich schon das erste Level nicht geschafft. Egal. Hauptsache weg. Schaute ja niemand in meinen Koffer und ich hatte gerade definitiv anderes im Kopf.

Das Telefon klingelte. Die alte Festnetznummer.

"Bergmann?"

"Hier ist Emil. Wegen der Heizung..."

"Tut mir leid", unterbrach ich ihn. "Ich bin... nicht da. Bin schon weg. Die Verwalterin kümmert sich um alles. Die Heizung wird erst nach Verkauf gemacht."

Eine Pause. "Verstehe", sagte er dann. Er klang enttäuscht.

Ich legte auf und riss das Telefonkabel aus der Dose. Vielleicht etwas zu energisch. Die Buchse lockerte sich und rutschte teilweise aus der Wand. Auch darum würde sich jemand anders kümmern müssen. Keine weiteren Anrufe. Keine weiteren Ausreden.

Der Koffer war zu schwer. Egal. Der Laptop zu schwer. Egal. Die Schulter schmerzte vom Gestrigen ... Verdammt, nein. Nicht dran denken.

Ich verzichtete auf ein Taxi. Der Spaziergang würde mir guttun. Auf dem Weg zum Bahnhof traf ich Leo. Er bastelte an irgendwelchen Kabeln für die Weihnachtsmarkt-Bühne. Ein paar andere Jugendliche waren bei ihm, lachten über irgendetwas.

"Hey!", rief er. "Gut, dass ich dich sehe. Ich wollte dir was zeigen..."

"Tut mir leid", unterbrach ich ihn. "Muss los. Nächstes Mal?"

Die Lüge ging viel zu leicht über meine Lippen. Sofort zogen sich meine Eingeweide ein wenig zusammen. Leo hatte das sicher nicht verdient, aber er würde es schon machen. Er war ein tougher Kerl.

Der Schnee vom Vortag war zu grauem Matsch geworden. Meine Stiefel waren nach zehn Metern durchweicht. Die Koffer-Räder quietschten auf dem Kopfsteinpflaster. Unterwegs telefonierte ich Makler und Verwalterin ab, teilte ihnen meine Entscheidung mit und ignorierte die fast schon vorwurfsvollen Hinweise beider darauf, dass das alles andere als die schlauste Vorgehensweise wäre.

Am Café ging ich auf der gegenüberliegenden Straßenseite vorbei. Ich hatte kurz überlegt, ob ich außen um den Häuserblock herum gehen sollte, mich dann aber dagegen entschieden. Das konnte ich nicht mit meinem Stolz vereinbaren. Durch die Scheiben konnte ich Jonas sehen, wie er Tassen polierte. Mechanisch. Konzentriert. Wie immer. Als wäre die letzte Nacht nie passiert.

Milo lag unter einem der Tische. Sein Kopf schoss hoch, als ich vorbeiging. Verräter.

"Bleib", hörte ich Jonas durch die offene Tür rufen. Ich fuhr kurz zusammen, bis ich realisierte, dass er mit Milo sprach.

Aber der war schon draußen, wedelte wie verrückt mit dem Schwanz und rannte auf mich zu. Ein Geschirrtuch hing aus seinem Maul. Therapiehund. Aber ja doch.

"Nicht jetzt", murmelte ich. "Bitte nicht jetzt."

Der Hund legte den Kopf schief. Das Wasser aus dem Geschirrtuch tropfte auf den Boden.

"Milo!" Jonas' Stimme. Näher jetzt.

Ich ging schneller. Der Koffer holperte über das Pflaster, immer lauter.

"Lina?"

Weitergehen. Nicht umdrehen. Verdammt, ich wollte mich umdrehen. Jede Faser meines Körpers schrie danach, aber das würde alles kaputtmachen. Es ging einfach nicht.

"MILO!"

Ich bog um die Ecke, während hinter mir Pfoten über Pflastersteine tappten. Aber keine Schritte. Keine Verfolgung.

Gut. Schlecht. Was auch immer. Hatte ich etwa gehofft er würde wie im Film hinter mir herrennen, mich aufhalten und wir wären glücklich bis ans Ende unserer Tage?

Vielleicht ein bisschen, aber das war Quatsch. So etwas gab es im echten Leben nicht. Im echten Leben musste man verantwortungsvoll handeln. Ich hörte Marthas Stimme in meinem Hinterkopf stöhnen. Klappe.

Der Zug war zu spät. Natürlich war er das. Wann war das Leben schon mal eindeutig auf meiner Seite gewesen? Also wartete ich geduldig, hoffend, dass nicht noch weitere unliebsame Überraschungen mich von meiner Abreise abzuhalten gedachten. Aber wenige Minuten später fuhr dann tatsächlich der ICE ein. Ohne Aufriss, ohne Drama. Immerhin.

Der Schaffner half mir mit dem Koffer. Eine Schulklasse stieg aus, lärmend, lachend. Leben, das ich hinter mir ließ. Nicht, dass es in Berlin keine Schulklassen gegeben hätte, hier schienen sie allerdings allgegenwärtig zu sein.

Erst als Seeblick hinter der ersten Kurve verschwand, merkte ich, wie sehr ich zitterte.

"Richtige Entscheidung", murmelte ich. Der alte Mann mir gegenüber sah kurz von seiner Zeitung auf. War das etwa derselbe, wie auf der Hinfahrt? Nein, das bildete ich mir ein. Ich sah schon Gespenster. Ich war übermüdet, überarbeitet, emotional aufgerüttelt und wollte nur nach Hause.

Die Heizung würde vielleicht einfrieren. Na und? Der Makler würde fluchen über die niedrigere Provision. Geschieht ihm recht. Die Verwalterin würde ... ach, egal.

Aber wenn es die richtige Entscheidung war, warum fühlte es sich dann so verdammt noch mal traurig an?

"Berufliche Perspektiven, zuhause, Freunde", sagte ich zu meinem Spiegelbild in der Fensterscheibe. "Vernünftige Entscheidung." Mein Spiegelbild sah nicht überzeugt aus. Hatte Augenringe. Zerknitterte Kleidung. War das dieselbe Bluse wie gestern? Gut, dass Jonas das nicht ... Nein. Nicht dran denken.

Das Handy vibrierte. Frau Novak. Woher hatte sie meine Nummer?!

Ich löschte die Nachricht.

Berlin wartete. Ein neues Projekt. Meine Wohnung. Mein Leben.

Der Zug fuhr schneller. Der Himmel wurde grauer, es begann zu regnen und der Dezember zeigte sich von seiner griesgrämigsten Seite. Das würde gehörigen Schneematsch geben.

Das Geschirrtuch von Milo hatte einen feuchten Fleck auf meiner Jacke hinterlassen. Gut. Eine Reinigung in Berlin würde es richten. Alles andere war geregelt.

Der Mann verließ einige Bahnhöfe später den Zug. Dafür

stieg eine alte Dame zu und setzte sich mir gegenüber. Natürlich. "Nach Hause?", fragte sie.

"Ja." Mehr gab es dazu nicht zu sagen.

Ich ignorierte auch die Nachricht, die wenige Minuten später mein Handy zum Vibrieren brachte. Die von Jonas.

"Das Café heißt nicht umsonst so."

Ja. Wie passend.

Kapitel 22: Loslassen

Drei Tage. So lange war es her seit Linas überhasteter Flucht aus Seeblick. Ohne Abschied. Ohne Erklärung. Nur die zerknitterte Bettseite und ein vergessener Schal als stumme Zeugen der Nacht, die alles verändert hatte. Oder verändern hätten können.

Jonas sortierte Kaffeedosen im Regal um, eine sinnlose Aufgabe, die seine Hände beschäftigte, während sein Kopf sich weigerte, zur Ruhe zu kommen. Der Gedanke an Lina verfolgte ihn wie ein hartnäckiger Schatten. Jedes Geräusch ließ ihn aufblicken, jede sich öffnende Tür nährte für einen Sekundenbruchteil die absurde Hoffnung, sie könnte zurückgekommen sein.

Das Café war beinahe leer an diesem Dienstagnachmittag. Ein älterer Herr löste Kreuzworträtsel in der Ecke, so regungslos, dass Jonas manchmal vergaß, dass er überhaupt da war. Draußen fiel der Schnee in dichten Flocken, verwandelte die Straße in einen Tunnel aus Weiß.

Sarah, die Aushilfe, wischte zum dritten Mal die gleichen Tische ab. Ihre Bewegungen wurden immer langsamer, eine nicht verbale Bitte um Erlösung von der drückenden Leere.

"Du kannst Feierabend machen", sagte Jonas schließlich. "Es ist ohnehin nichts los."

Der dankbare Blick in ihren Augen bestätigte, was er längst wusste. Es war sinnlos, sie hier zu halten. Sinnlos, das Café überhaupt offenzuhalten an Tagen wie diesen.

Als Sarah gegangen war, sank Jonas auf einen der Barhocker. Die Stille im Raum lastete schwer auf seinen Schultern. Selbst Milo hatte sich unter dem Klavier verkrochen, apathisch und teilnahmslos seit Linas Verschwinden.

Der letzte Monat starrte Jonas in Form einer Bilanz vom Bildschirm des Laptops an. Die nackten Zahlen hatten ihre Bedrohlichkeit verloren, waren nur noch Fakten, die eine unausweichliche Wahrheit bestätigten: Das Café war am Ende. Er hatte es nur zu lange nicht wahrhaben wollen.

Er klappte den Laptop zu, rieb sich die brennenden Augen. Der Schlafmangel der letzten Tage hatte tiefe Furchen in sein Gesicht gegraben. Jedes Mal, wenn er die Augen schloss, sah er Lina. Ihr Lächeln. Die Art, wie sie sich über die Nudeln gebeugt hatte in seiner Küche. Wie sie in seiner Umarmung eingeschlafen war.

Die Türglocke läutete, riss ihn aus seinen Gedanken. Leo stand im Eingang, Schneeflocken im Haar, einen entschlossenen Ausdruck auf dem Gesicht.

"Hallo", sagte er und klopfte den Schnee von seinen Schultern. "Ich weiß, es ist spät, aber..."

"Komm rein", unterbrach Jonas und stand auf. "Kakao?"

Leo nickte und kam zögernd näher. "Ist es wahr, dass du das Café verkaufen willst? Meine Mutter hat's von Frau Weber gehört, die hat's von..."

Die Gerüchteküche in Seeblick arbeitete also auf Hochtouren, obwohl Jonas selbst erst seit Kurzem ernsthaft mit dem Gedanken spielte. Aber was Frau Novak wusste…

"Ich denke darüber nach", gab er zu, während er die Milch für den Kakao erhitzte. "Es läuft nicht besonders gut."

"Und Lina? Ist sie wirklich zurück nach Berlin?"

Jonas' Hand verharrte über der Tasse. "Ja. Schon seit ein paar Tagen."

"Das ist schade. Sie mochte dein Café." Leo zog etwas aus seiner Schultasche. "Lina hat mich ermutigt, dich zu fragen. Wegen... wegen der Musik."

"Mich? Ich habe seit Jahren nicht mehr unterrichtet."

"Anna hat immer gesagt, du wärst ein brillanter Lehrer. Geschichte und Musik." Leo klang unsicher, als betrete er verbotenes Terrain. "Lina meinte vor ein paar Tagen, ich sollte es wenigstens versuchen." Er schob ein Notenblatt über die Theke. "Tom und ich, wir haben das geschrieben. Für den Frühlingsball. Aber es klingt noch nicht richtig."

Jonas betrachtete das Papier. Die Noten waren sorgfältig geschrieben, die Melodie auf den ersten Blick eingängig. Der Text handelte vom Aufbruch und Neubeginn.

"Das sieht gut aus", sagte er, überrascht von der Qualität.

"Würdest du... könntest du vielleicht einen Blick darauf werfen? Als Fachmann?" Leo klang unsicher, als rechnete er mit einer Absage.

Jonas zögerte einen Moment. Der Gedanke, sich mit Musik zu beschäftigen, hatte etwas Verlockendes und Beängstigendes zugleich. Als würde er eine Tür öffnen, die er lange verschlossen gehalten hatte.

"Zeig mal her", hörte er sich sagen und nahm das Blatt. Er reichte Leo den Kakao und ging zum Klavier hinüber.

Der erste Akkord klang seltsam fremd unter seinen Fingern. Wie lange hatte er nicht mehr gespielt? Abgesehen von dem einen Mal neulich? Die Noten vor ihm formten sich zu einer Melodie, einfach, aber einprägsam. Seine Finger fanden langsam ihren Weg, erinnerten sich.

"Du hast die Bridge hier etwas kompliziert gestaltet", sagte er nach einer Weile und zeigte auf einen Takt. "Die Harmoniewechsel sind ungewöhnlich, aber sie funktionieren. Das hat... Charakter."

Leo lehnte sich gegen das Klavier, seine Augen leuchteten. "Kannst du zeigen, wie es klingen sollte?"

Jonas spielte die Passage noch einmal, diesmal mit mehr Sicherheit. Die Melodie entfaltete sich unter seinen Händen, nahm Gestalt an.

"Hier könntest du noch..." Er zeigte auf eine Stelle, änderte ein paar Noten. "So hat es mehr Fluss."

Milo kroch unter dem Klavier hervor, legte seinen Kopf auf Jonas' Fuß. Zum ersten Mal seit Tagen schien der Hund aus seiner Lethargie zu erwachen.

Sie arbeiteten fast eine Stunde an dem Stück, vergaßen die

Zeit, das inzwischen leere Café – hatte der Mann mit dem Kreuzworträtsel bezahlt? Egal –, den fallenden Schnee. Jonas' Finger wurden sicherer, seine Vorschläge bestimmter. Es fühlte sich richtig an. Vertraut. Als kehrte er zu etwas zurück, das er nie hätte verlassen sollen.

"Du bist wirklich gut", sagte Leo schließlich. "Als Lehrer, meine ich."

Die Worte trafen etwas in Jonas, einen wunden Punkt, der langsam zu heilen begann. "Danke", sagte er leise.

"Könnten wir... also, unsere Band... könnten wir hier proben? Einmal pro Woche vielleicht? Solange das Café noch da ist?"

Die Frage hing in der Luft, eine unerwartete Möglichkeit.

"Dienstags ist am ruhigsten", hörte Jonas sich sagen. "Nach Ladenschluss."

Leo strahlte. "Das wäre super! Tom und Julia werden begeistert sein."

Als Leo gegangen war, blieb Jonas am Klavier sitzen. Seine Finger strichen über die Tasten, nicht spielend, nur fühlend. Die Melodie des Jungen hatte etwas in ihm berührt, einen Teil, den er lange ignoriert hatte.

Früher war die Musik sein Leben gewesen. Sein Beruf. Seine Leidenschaft. Zumindest die Hälfte davon. Er hatte sie geteilt – mit seinen Schülern, mit Anna.

Die Erinnerung an Anna kam ohne den gewohnten Stich. Ein warmes Gefühl stattdessen, wie ein Echo längst verklungener Freude. Sie hätte gewollt, dass Jonas ihm half.

Und Lina? Was hätte sie gewollt?

Er dachte an ihre Gespräche, an die Momente der Stille dazwischen. An die Art, wie sie Milo gestreichelt hatte, gedankenverloren. An ihren Blick, wenn sie dachte, er würde es nicht bemerken.

Sie hatte etwas in ihm gesehen. Etwas, das er selbst vergessen hatte.

Er stand auf, ging zum Telefon hinter der Theke. Die Nummer der Immobilienagentur war noch im Telefonbuch des Cafés gespeichert, von seiner ersten zaghaften Anfrage vor Wochen. "Walter Immobilien, Walter am Apparat." Die Stimme klang geschäftsmäßig freundlich. "Hier ist Jonas Kern vom Café in der Marktstraße." Er holte tief Luft. "Wir hatten vor einigen Monaten telefoniert. Wegen einer möglichen Bewertung."

"Natürlich! Das 'Café der verpassten Chancen'. Ich erinnere mich gut. Ein charmantes Etablissement."

"Ich denke, es ist Zeit für eine Bestandsaufnahme." Die Worte kamen leichter als erwartet. "Um meine Optionen zu prüfen."

"Eine weise Entscheidung. Der Markt ist im Moment günstig für Verkäufer, trotz der allgemeinen Wirtschaftslage." Walter klang, als hätte er nur auf diesen Anruf gewartet. "Hätten Sie Zeit für einen Termin? Ich könnte Donnerstagvormittag vorbeikommen."

"Das passt."

"Hervorragend! Bringen Sie bitte alle relevanten Unterlagen

mit – Grundbuchauszug, Energieausweis, etwaige Mietverträge..."

Jonas notierte sich die Details mechanisch. Als er auflegte, fühlte er eine seltsame Mischung aus Erleichterung und Wehmut.

Die Türglocke läutete erneut. Frau Novak trat ein, der Schal fest um ihren Hals gewickelt, die Wangen gerötet von der Kälte.

"Dachte ich mir doch, dass du noch hier bist", sagte sie und kam direkt zur Theke. "Bei dem Wetter solltest du früher schließen."

"Bald", versprach Jonas und schenkte ihr ungefragt eine Tasse Tee ein. Darjeeling, wie immer.

Sie nahm den Tee mit einem dankbaren Nicken, setzte sich auf einen der Barhocker. Ihr Blick wanderte zum Klavier, wo Leos Noten noch aufgeschlagen lagen.

"Du hast gespielt", stellte sie fest. Keine Frage, eine Beobachtung.

"Leo braucht Hilfe mit einer Komposition." Jonas zuckte mit den Schultern, als wäre es nichts Besonderes. "Für den Frühlingsball."

"Gut." Sie nippte an ihrem Tee. "Sehr gut sogar."

Jonas wartete auf eine ihrer typischen Bemerkungen, ein Kommentar über seine Musikbegabung oder wie Anna sich freuen würde. Aber Frau Novak schwieg, beobachtete ihn nur über den Rand ihrer Tasse hinweg.

"Ich habe den Makler angerufen", sagte er schließlich.

"Wegen des Cafés."

"Dachte ich mir schon fast." Natürlich. In Seeblick brauchte man keine Telefonleitung für Neuigkeiten, die Gerüchteküche funktionierte schneller.

"Walter ist ein anständiger Kerl", sagte sie. "Er wird dir einen fairen Preis aushandeln und jemanden finden, der wirklich Interesse hat. Seine Mutter sang im Chor mit mir, bevor die Arthritis kam."

Jonas musste lächeln. Frau Novaks Verbindungen in der Stadt waren legendär. "Es wird noch dauern. Die Formalitäten, die Suche nach einem Käufer..."

"Schneider von der Eisdiele hatte sich schon mal wegen eines Ladenlokals umgehört." Sie zog die Augenbrauen hoch. "Sarah hat mir erzählt, dass er letzte Woche hier war. Hat Fragen gestellt. Nach dem Umsatz, den Stammgästen."

Jonas nickte. Er hatte es nicht bemerkt, aber es überraschte ihn nicht. Schneider hatte einen Ruf als Geschäftsmann mit Spürsinn für günstige Gelegenheiten.

"Und was kommt danach?", fragte Frau Novak. "Nach dem Café?"

Die Frage hing zwischen ihnen, schwerer als sie klingen sollte. Jonas hatte in den letzten Tagen oft darüber nachgedacht, mehr in Fragmenten als in klaren Plänen. Der Anruf nach Neustadt wenige Stunden zuvor hallte noch in seinem Kopf nach.

"Die Schule in Neustadt sucht einen Musiklehrer", sagte er langsam. "Für die Oberstufe. Ab dem nächsten Schuljahr."

"Neustadt liegt eine halbe Stunde entfernt."

"Ich weiß."

"Du würdest wegziehen?" Sie klang nicht überrascht, eher nachdenklich.

Jonas ließ seinen Blick durch das Café wandern. Die abgenutzten Tische. Die verblichenen Vorhänge. Das Klavier. "Nicht sofort. Aber ... ja."

"Es würde dir gut tun, wieder zu unterrichten." Frau Novak stellte ihre Tasse ab. "Anna würde sich sicher freuen." Früher hätte es wehgetan, wenn jemand ihren Namen ausgesprochen hätte. Jetzt fühlte es sich richtig an, wie ein notwendiger Teil des Gesprächs.

Als Frau Novak gegangen war, stand Jonas lange regungslos da.

Er ging zurück zum Klavier, spielte Leos Melodie noch einmal. Ein Lied über Aufbruch und Neuanfang, gespielt im Angesicht von Verlust und Umbruch.

Milo legte seinen Kopf auf Jonas' Knie, seufzte leise. Zum ersten Mal seit Tagen schien der Hund wieder präsent zu sein.

"Du vermisst sie auch, was?", murmelte Jonas und kraulte ihn hinter den Ohren. Der Hund blinzelte, als wollte er zustimmen.

Jonas dachte an die gemeinsame Nacht, an das Gefühl, Lina in seinen Armen zu halten. Es war nicht nur körperliche Nähe gewesen. Es war mehr – ein Gefühl von Möglichkeit.

Von Zukunft. Von geteiltem Glück.

Er hatte geglaubt, dieser Moment wäre verloren, als sie ging. Aber vielleicht war er nur unterbrochen worden. Vielleicht war es nicht das Ende der Geschichte, sondern nur ein Kapitel darin.

Anna hätte ihn ermutigt, den Anruf zu tätigen. Sie hatte immer an zweite Chancen geglaubt, an die Möglichkeit der Veränderung. An Neuanfänge.

Er zog sein Handy hervor, betrachtete Linas Nummer in seinen Kontakten. Sein Daumen schwebte über der Anruftaste.

Noch nicht. Aber bald.

Zuerst musste er Ordnung in sein eigenes Leben bringen. Sie hatte Recht gehabt mit ihren Worten. Er konnte und wollte nicht weiter weglaufen. Oder vielmehr stehen bleiben. Das Gespräch mit dem Makler würde er führen. Die Bewerbung für die Lehrerstelle vorbereiten. Seinem Leben wieder eine dringend benötigte Richtung geben.

Und dann? Dann würde er sie anrufen. Nicht, um zurückzuholen, was vergangen war. Sondern um zu fragen, wie es ihr ging. Um zu zeigen, dass er an sie dachte. Um sich zu erkundigen, ob auch sie ihre Dämonen hinter sich gelassen hatte.

Der Schnee draußen verwandelte die Welt in etwas Neues, Unberührtes. Die Flocken tanzten im Laternenlicht wie verirrte Sterne.

Jonas schloss den staubigen Klavierdeckel, löschte die Lichter im Café. Morgen würde er die Unterlagen für den Makler zusammensuchen. Würde die Bewerbung für die Schule in Neustadt schreiben. Würde einen Schritt nach dem anderen tun, vorwärts, nicht zurück.

Zum ersten Mal seit Langem fühlte er so etwas wie Hoffnung. Nicht die verzweifelte Hoffnung, alles beim Alten zu belassen und sich einzuigeln. Sondern die ruhige Gewissheit, dass Veränderung nicht immer Verlust bedeuten musste.

Manchmal bedeutete sie auch Wachstum. Fortschritt.

Kapitel 23: Fehlendes

Januar in Berlin bedeutete Grau in Grau. Kein romantisches Grau wie im winterlichen Seeblick, sondern diese fiese Mischung aus Nieselregen und Smog, die sich wie ein feuchtes, stinkendes Tuch über die Stadt legte.

Meine Wohnung roch nach kalter Heizungsluft und staubigem Boden. Seit einem Monat stand der Rollkoffer in der Ecke, halb ausgeräumt, wie eine mahnende Erinnerung an überstürzte Entscheidungen. Ein paar Pullover hatte ich herausgezerrt, den Rest ignorierte ich gekonnt. Wie ein passiv-aggressives Möbelstück markierte der Koffer seine Ecke.

"Morgen", versprach ich ihm jeden Abend. Wie einem störrischen Haustier.

Die 2000-Euro-Kaffeemaschine, die mir Marc zum letzten Geburtstag geschenkt hatte, produzierte technisch perfekten Kaffee. Zu perfekt. Zu gleichmäßig. Industriell optimierter Geschmack ohne Charakter. Nicht wie ... nein. Nicht dran denken.

"Willkommen zurück!", hatte das Team gerufen, Sektgläser

erhoben. Als wäre ich aus dem Urlaub gekommen und nicht vor meinem vergangenen Leben geflohen.

"Du siehst nicht besonders gut aus", hielt mir Sandra bei unserem ersten Meeting leise vor. "Alles andere als erholt." Ich log: "Bin ich aber."

Sie kaufte es mir nicht ab, aber sie war gnädig genug, es nicht zu kommentieren. Stattdessen überhäufte sie mich absichtlich mit Arbeit. Das Lifestyle-Special wurde mein Baby. "Moderne Wohnkonzepte im urbanen Raum." Ganz ohne kaputte Heizungen.

"Der Weber-Artikel war brillant", lobte Robert. "So analytisch. So distanziert."

Distanziert. Ja. Da war ich gut drin geworden. Hatte auch nur Ewigkeiten gedauert, den Artikel wieder halbwegs hinzubekommen.

Die Tage verschwammen zu einer Routine aus Meetings, Deadlines und To-Do-Listen. Ich funktionierte wie ein gut geöltes Räderwerk. Morgens Kaffee (zu perfekt), Meeting (zu lang), Mittag (zu eilig), Artikel (zu viele), Feierabend (zu spät). Funktionieren.

Nachts lag ich wach und starrte Löcher in die Decke. Die Straßengeräusche waren falsch. Zu laut. Zu hektisch. Keine quietschenden Fahrräder vor dem Café. Keine Schritte auf der alten Holztreppe von Marthas ... nein. Immer noch nicht dran denken.

"Zimmer-Yoga hilft", meinte meine Nachbarin, die mich um drei Uhr morgens im Treppenhaus traf. "Oder Meditation."

"Schnaps auch", brummte ich, aber sie überhörte es geflissentlich.

Ich versuchte beides. Das Ergebnis war ein verstauchter Knöchel beim missglückten Sonnengruß und die Erkenntnis, dass meine Gedanken noch lauter wurden, wenn ich versuchte, sie mit Alkohol zum Schweigen zu bringen.

"Du solltest zum Arzt gehen", meinte Sandra, als ich durchs Büro humpelte.

"Ist nur verstaucht."

"Das meinte ich nicht."

Ich ignorierte sie erneut und tauchte in die Arbeit ein wie in einen Schutzschild. Das neue Layout für die Wochenendausgabe? Klar. Die Überarbeitung der Lifestyle-Kolumne? Sofort. Das Interview mit dem Feng-Shui-Experten? Warum nicht.

Die Mail vom Makler ignorierte ich. Die Verwalterin ebenfalls. Der Verkauf war so weit geregelt. Was immer war, konnte ein paar Tage warten. Nur Frau Novak war hartnäckig. Ihre Nachrichten häuften sich auf meiner Mailbox wie kleine Zeitbomben.

"Wenigstens ist der Kater von heute Morgen weg", sagte ich zu meinem Spiegelbild, während ich versuchte, die Ringe unter meinen Augen zu kaschieren. Das Spiegelbild sah nicht überzeugt aus.

Tags darauf traf ich Marc.

Er stand plötzlich vor mir im Supermarkt, zwischen Bio-Müsli und Hafermilch. Die blonde Praktikantin hing an seinem Arm wie eine besonders attraktive Handtasche. Eine sehr ‚lebendige' Handtasche ...

"Lina!", rief er mit dieser Begeisterung, die früher meine Knie weich gemacht hatte. "Wie geht's dir? Du siehst... anders aus."

Anders. Toll. "Bestens", log ich und umklammerte meinen Einkaufskorb. Instant-Nudeln und Tiefkühlpizza. Sehr erwachsen. "Ich bin nur in Eile."

"Wir sollten mal wieder..." Er machte eine vage Geste.

"Kaffee trinken?", schlug die Praktikantin vor. Sie klang tatsächlich nett. Und sah noch jünger aus als auf ihren Social-Media-Kanälen. Verdammt. Ich dachte an anderen Kaffee. An polierte Tassen. An einen grummeligen Barista. An Geschirrtücher, die ständig verschwanden.

"Tut mir leid, keine Zeit", sagte ich und ging weiter. Kurz darauf drehte ich mich aber noch einmal zu den beiden um. "Ehrlich gesagt habe ich zwar wirklich keine Zeit, aber vor allem keine Lust."

Marcs Gesicht fiel nicht ein bisschen. Er hatte dieses "Das wird schon wieder"-Lächeln aufgesetzt, das ich früher so charmant gefunden hatte.

"Ruf einfach an, wenn du deine Meinung änderst", sagte er. Die Praktikantin strahlte. Sie hatte perfekte Zähne. Und trug das gleiche Kleid, das ich mir letzte Woche hatte aussuchen wollen im Laden. Ich drehte mich weg. Sollten sie mir gestorben bleiben. Jetzt wollte ich nur einem davon erzählen. Jemandem, der Tassen polierte und dabei die Augen verdrehte. Der sich gemeinsam mit mir lustig gemacht hätte. Der meine Versuche, Kaffee zu kochen, mit stoischer Miene ertrug. Der ...

Ich kaufte Instant-Kaffee. Eine Art Selbstbestrafung.

Im Büro erwartete mich der nächste Tiefschlag.

"Das neue Projekt", verkündete Sandra strahlend.

"Traditionelle Cafés im Wandel der Zeit. Klein gegen groß, Nostalgie gegen Fortschritt. Weil der Weihnachtsmarktartikel so super angekommen ist."

Ausgerechnet.

"Passt perfekt zu dir", meinte Robert. "Wenn auch der gut läuft können wir eine Serie draus machen."

Ich würgte ein "Mhm" hervor und flüchtete in mein Büro.

Zu Hause wartete eine neue Nachricht von Frau Novak. Nicht auf der Mailbox diesmal, sondern als echte Mail. Sie musste ziemlich verzweifelt sein.

"Kind, es geht um Jonas. Das Café... er denkt ans Aufgeben. Die Heizkosten, weißt du? Und seit Weihnachten kommt kaum noch jemand. Vielleicht ist es besser so. Und Leo singt wieder mehr. Du solltest uns wirklich mal besuchen kommen."

Ich starrte auf die Worte, bis sie verschwammen. Löschte die Mail. Schrieb an diversen Artikeln weiter. Löschte meinen Papierkorb. Die Worte blieben.

"Das geht dich nichts mehr an", sagte ich zu der leeren Wohnung. Trotzdem tat es weh.

Die Wohnung schwieg vielsagend. Sie war zu aufgeräumt, zu clean, zu ... leblos. Keine quietschenden Dielen. Keine alten Briefe in Schubladen. Keine überraschenden Fundstücke auf dem Dachboden. Ich ging früh zu Bett und schlief dennoch wenig, so rastlos wie ich seit Tagen war.

Im Büro war ich die Effizienz in Person. Sandra lobte meine Konzentration, auch wenn ich ihr ansah, dass ihre Sorgen sich dadurch nur vermehrten. Robert bewunderte meine Disziplin. Die neue Praktikantin - nicht Marcs, unsere - fragte, ob ich einen Kurs in Zeitmanagement geben könnte.

Niemand merkte, dass ich nachts Immobilienportale nach Häusern in Seeblick durchsuchte.

Nur um zu sehen, was es so gab. Nicht wirklich, um dort etwas zu kaufen. Himmel, ich besaß dort schließlich noch ein Haus. Aber es fühlte sich gut an durch die wenigen Annoncen zu scrollen.

Eine weitere Mail von Frau Novak: "Milo vermisst dich. Er klaut immer noch Geschirrtücher, aber es macht ihm sichtlich nicht so viel Spaß, wie deine Handtasche."

Gelöscht. Das konnte sie niemals einschätzen. Der Hund würde mit Hingabe und Freude an allem kauen, was er zwischen die Kiefer bekam.

"Du könntest Jonas einfach anrufen", schlug mein Spiegelbild vor, während ich versuchte, die neue Frisur zu bändigen. Der Kurzhaarschnitt war eine spontane Entscheidung gewesen. Neu anfangen und so.

Ich ignorierte meine lauten Gedanken. Genau wie Frau Novaks nächste Mail. Und die Übernächste.

Stattdessen trank ich schlechten Kaffee, schrieb gute Artikel und log mir vor, dass Berlin sich wieder wie zu Hause anfühlte.

Doch die Wahrheit war: Nichts fühlte sich mehr richtig an. Nicht meine Wohnung mit den perfekt weißen Wänden. Nicht mein Lieblingscafé mit den hippen Baristas. Nicht mal die Tatsache, dass ich bei Marc nichts mehr fühlte – was eigentlich ein Triumph hätte sein sollen.

"Zeit heilt alle Wunden", hatte meine Mutter immer gesagt, wenn ich als Kind krank gewesen war.

Aber manchmal, dachte ich, während ich zum hundertsten Mal an diesem Tag mein Handy checkte, manchmal macht die Zeit die Wunden erst sichtbar.

Der Januar zog sich. Grau in Grau. Wie ein schlechter Filter über einem noch schlechteren Film.

Mein Laptop piepte. Neue Mail.

Frau Novak. Wieder.

"Er vermisst dich."

Diesmal löschte ich sie nicht.

Das war der Unterschied.

Kapitel 24: Stille

Der erste Kaffee des Tages gehörte ihm. Das war eines der wenigen Rituale, die Jonas sich bewahrt hatte. Jeden Morgen um halb sechs, noch bevor er die schwere Eingangstür des Cafés aufschloss, noch bevor er die Stühle von den Tischen nahm, bevor er die Maschine für den Tag vorbereitete - dieser eine Kaffee war für ihn.

Heute war es ein Cappuccino. Perfekte Temperatur, der Schaum so fest, dass der Löffel darauf liegen blieb. Früher hätte Anna ihn dafür aufgezogen. "Immer diese Barista-Spielereien", hätte sie gesagt und gelacht. Hätte ihren scheußlichen Früchtetee getrunken. Den Kaffee hatte er auch als Lehrer schon immer ernst genommen.

Milo lag zusammengerollt unter dem Klavier, seine neue Lieblingsposition in den letzten Wochen. Seit ... Nein. Nicht dran denken.

Die Stammgäste hatten es als Erste bemerkt. Als hätten sie einen sechsten Sinn für die Veränderung in der Luft. In der ersten Woche nach ihrer Abreise waren die üblichen Fragen gekommen - wo Lina sei, ob sie wiederkomme, ob er sie vermisse. Er hatte die Fragen weggewischt wie lästige Fliegen, bis sie aufhörten zu fragen.

Dann waren die Gäste noch weniger zahlreich geworden als ohnehin schon. Ein weiterer leerer Tisch hier, ein ausgefallener Stammkunde da. Frau Weber kam nicht mehr jeden Vormittag, sondern nur noch zweimal die Woche. Herr Brinkmann trank seinen Kaffee jetzt in der neuen Bar am Marktplatz. Immerhin kam Leo jetzt regelmäßig entweder allein oder in seiner Gruppe zum Proben vorbei und genehmigte sich mehr Kakao, als sein Insulinspiegel es gut gefunden hätte.

Milo hatte am längsten nach ihr gesucht. Hatte wochenlang jedes Mal, wenn die Tür aufging, den Kopf gehoben. Hatte Geschirrtücher gestohlen und sie enttäuscht fallen lassen, wenn der falsche Mensch sie ihm abnehmen wollte. Irgendwann hatte er aufgegeben und sich unter das Klavier verzogen.

Nur Frau Novak war geblieben. Hatte ihren Tee getrunken und ihn mit diesem wissenden Blick beobachtet. Als würde sie auf etwas warten.

Er betrachtete die Einnahmen vom Vortag. Achtundsiebzig Euro zwanzig. Vor einem Jahr wäre das ein katastrophaler Tag gewesen. Jetzt war es erschreckend normal.

Die Müllentsorgungsabrechnung lag daneben, eine weitere Erhöhung angekündigt. Dreißig Prozent. Der restliche Winter würde hart werden. Das Thermometer zeigte minus acht Grad. Die alte Heizung ächzte, aber sie lief. Noch. Die Rohre mussten dringend gemacht werden, aber die Reparatur kostete mehr, als er gerade aufbringen konnte. Nicht, dass potenzielle Käufer das interessierte. Sie sahen nur die Zahlen, die roten Zahlen. Und Gelegenheiten.

Ein Interessent würde um neun kommen. Herr Schneider von der Eisdiele. Offenbar sah er es als lohnenswertes Geschäft an, für den Winter eine Ergänzung zu seinem doch sehr saisonalen Geschäft zu haben. Wie er das Ruder herumreißen wollte, war Jonas allerdings schleierhaft.

Er nahm einen Schluck von seinem Cappuccino. Der Schaum war perfekt. Das war es ja - technisch war er besser als je zuvor. Die Getränke waren gut, das Gebäck frisch, der Service ... nun ja. Aber die Leute kamen trotzdem nicht mehr. Oder zu selten. Die Stammgäste wurden weniger, neue fanden kaum den Weg hierher. War es die Rezession? Die gestiegenen Preise? Oder lag es an ihm?

Frau Novak würde in einer Stunde kommen, um acht, ihre Tasse Darjeeling bestellen und ihn mit diesem wissenden Blick ansehen. Sie hatte ihn gewarnt, damals, als er das Café übernahm. "Kind, ein Café ist kein Ort für Trauer." Er hatte nicht verstanden, was sie meinte. Jetzt schon.

Seine Finger tappten einen nervösen Rhythmus auf die Theke. Eine Angewohnheit, die er sich in den letzten Wochen zugelegt hatte. Seit ... seit sie weg war. Er zwang sich zur Ruhe. Es war ihre Entscheidung gewesen. Die richtige Entscheidung. Berlin, ihre Karriere, ihr Leben - natürlich war sie gegangen. Was hatte er schon zu bieten? Ein defizitäres Café. Eine Stadt voller Erinnerungen. Einen Mann, der ...

Der Löffel klapperte lauter als nötig, als er ihn in die Spüle warf. Milo hob kurz den Kopf, entschied dann aber, dass es das Drama nicht wert war und rollte sich wieder zusammen.

Eine halbe Stunde noch bis zur Öffnung. Zeit für den Rest der Morgenroutine. Er stellte die Stühle von den Tischen, einen nach dem anderen. Das rhythmische Klacken der Stuhlbeine auf dem Boden hatte etwas Beruhigendes. Wie ein Metronom. Anna hatte immer eines auf dem Klavier stehen gehabt. Tick, tack, tick, tack. Die Schüler hatten es gehasst.

Das Klavier. Er sollte es verkaufen. Sein anderes, Annas, in der Wohnung hatte er ja auch noch. Das würde er nach einem Verkauf mitnehmen. Er unterbrach den Gedanken, konzentrierte sich auf die Stühle. Stuhl runter, ausrichten, nächster Stuhl. Routine half.

Die Spiegelung der Theke war nicht perfekt. Ein Wisch mit dem Tuch, noch einer. Das konnte er. Das war einfach. Nicht denken, einfach putzen.

"Morgen, Chef."

Sarah, die Aushilfe, stand in der Tür. Zu früh, wie immer. Sie war jung, engagiert und hatte keine Ahnung von Kaffee. Aber sie lernte schnell und - was wichtiger war - sie war bezahlbar.

"Morgen." Er deutete auf die Kasse. "Wechselgeld ist gezählt. Du kannst schon mal die Vitrine einräumen."

Sie nickte und verschwand in der Küche. Die Backwaren kamen jetzt von der Bäckerei zwei Straßen weiter. Die eigene Backstube hatte er vor Monaten aufgegeben. Zu teuer, zu zeitaufwendig. Die Stammgäste hatten sich beschwert, aber was sollte er machen? Man konnte nicht an allen Fronten verlieren.

Milo trottete zur Tür, sein morgendliches Geschäft stand an. Manchmal, wenn sie früh da gewesen war, hatte Lina das übernommen. Sie hatte den Hund ausgeführt, während er die Maschine vorbereitete. Er schüttelte den Gedanken ab, griff nach der Leine.

Die Kälte draußen war beißend. Der Raureif hatte die Straße in eine Winterlandschaft verwandelt, aber es war die hässliche Sorte Winter. Grau, schmutzig, ohne den romantischen Zauber von Schnee. Der Weihnachtsmarkt war längst abgebaut, die Lichterketten eingelagert. Jetzt zeigte der Januar sein wahres Gesicht.

Milo zog an der Leine, seine übliche Route. Am Zeitungsladen vorbei, wo die meisten älteren Bewohner Seeblicks noch immer jeden Morgen ihre Zeitungen kauften. Vorbei an der Bank, die früher ein Schreibwarenladen gewesen war. An der Apotheke, wo ... Nein. Nicht diese Route.

Er zog Milo in die andere Richtung. Der Hund protestierte kurz, fügte sich dann aber. Er war ruhiger geworden in den letzten Wochen. Keine gestohlenen Geschirrtücher mehr.

Keine Verfolgungsjagden durch das Café. Als würde selbst der Hund die Veränderung spüren.

Ein Auto fuhr vorbei, zu schnell für die eisige Straße. Der Fahrer hupte, als Milo zu langsam aus dem Weg trottete. Früher hätte Jonas ihm den Mittelfinger gezeigt. Heute war er zu müde dafür.

Zurück im Café empfing ihn der Geruch von frischen Brötchen. Sarah hatte die Lieferung eingeräumt, die Vitrine sah ... passabel aus. Nicht perfekt. Die Zimtschnecken lagen schief, die Croissants zu eng. Aber es würde gehen müssen.

Das Reservierungsbuch war erschreckend leer. Zwei Einträge für heute, beide von Stammgästen. Frau Novak um acht, wie jeden Morgen. Und Herr Liechter um vier, sein üblicher Nachmittagskaffee. Früher hatte er Tische freihalten müssen. Jetzt ...

Die Türglocke bimmelte. Er sah auf. Zu früh für Frau Novak.

"Guten Morgen!" Der Mann im Eingang schüttelte sich den Raureif vom Mantel. "Thomas Schneider. Wir hatten telefoniert."

Jonas nickte knapp. Der neue Besitzer der Eisdiele am Markt. Die seit zwei Jahren im Winter geschlossen war - zu unwirtschaftlich, hieß es.

"Kaffee?"

"Nee, danke." Schneider zog einen Stuhl heran, setzte sich an die Theke. "Komme grad von der Bank. Die Zahlen habe ich mir angesehen."

Natürlich hatte er das. Jonas stellte trotzdem eine Tasse unter die Maschine. Für sich selbst.

"Also..." Schneider lehnte sich vor. "Ist ja ganz hübsch hier. Bisschen altmodisch, aber die Lage ist gut. Ich würde das Café-Konzept im Sommer lassen, mit Eis natürlich. Und im Winter machen wir 'ne Winterhütte draus. Glühwein, Bratwurst, bisschen Après-Ski-Feeling. Die Leute stehen da drauf, besonders in einem kleinen Ort wie hier."

Der Espresso war perfekt. Schneider beobachtete die Tasse, Jonas, die Einrichtung. Taxierend.

"Die Theke müsste neu. Kühlvitrinen fürs Eis. Das Klavier weg, da kommt die Winterbar hin. Ist eh kaputt, oder?"

"Kaputt nicht." Jonas' Stimme war leise. "Aber es wird ohnehin verkauft."

"Ach so." Schneider zuckte mit den Schultern. "Naja, wie gesagt - die Lage ist super. Ich könnte in wenigen Wochen übernehmen. Hätte auch schon Personal. Meine Mädels von der Eisdiele sind im Winter eh froh um Arbeit."

Sarah in der Küche hatte aufgehört, die Brötchen einzuräumen.

"Überleg es dir", sagte Schneider und stand auf. "Das Angebot liegt auf dem Tisch. Aber ehrlich? Hier in der Form..." Er machte eine vage Handbewegung. "Das wird nix mehr. Die Leute wollen Action. Party. Nicht..." Wieder diese Geste. "...das hier."

Die Tür fiel hinter ihm zu. Milo knurrte leise unter dem Klavier.

Jonas starrte in seinen Espresso. Die Zahlen auf dem Kontoauszug tanzten vor seinen Augen. Die Heizungsrechnung. Die leeren Tische. Das Klavier.

Er könnte weg. Einfach weg. Nach Neustadt. Als Lehrer. Wo keine Erinnerungen an jeder Ecke lauerten. Wo nicht jeder zweite Gast fragte, wie es ihm denn ging, mit diesem mitleidigen Blick. Eigentlich gab es keinen anderen Weg und das war ihm seit der schicksalhaften Nacht mit Lina auch klar. Aber sich das einzugestehen, war eine große Hürde, denn irgendwo hatte man ja versagt.

Er schüttelte den Gedanken ab. Es gab zu tun. Die ersten Gäste würden bald kommen, auch wenn es immer weniger wurden.

"Sarah?" Er hörte, wie sie in der Küche zusammenzuckte. "Mach vorne fertig. Ich... ich muss was im Lager checken."

Das Lager war sein Refugium. Ein schmaler Raum eine Treppe hinunter aus der Küche, mehr Abstellkammer als echtes Lager. Aber hier konnte er nachdenken. Hier war es still.

Die Regale waren ein Sammelsurium aus alten Vorräten und Überbleibseln der Café-Geschichte. Kaffeedosen von Sorten, die es nicht mehr gab. Tassen mit abgestoßenen Rändern. Papiere, die er nie richtig sortiert hatte. Vieles davon Dinge, die der ehemalige Cafébesitzer ihm überlassen hatte. Und natürlich alles, was er im Alltag nicht oben im Geschäft lagern konnte.

Der Stapel Listen auf dem obersten Brett erinnerte ihn

daran, warum er eigentlich hier war. Inventur. Bestände prüfen. Aber sein Blick blieb an einer verstaubten Schachtel hängen.

Er kannte sie. Hatte sie selbst dort oben verstaut, vor ... wie lange war das her? Die braunen Flecken auf dem Karton waren von Kaffee. Er erinnerte sich an den Tag, als er sie hier hochgestellt hatte. Seine Hände hatten gezittert, der Kaffee war übergeschwappt.

"Nicht jetzt", murmelte er. Aber seine Finger zogen die Schachtel schon vom Regal.

Der Deckel war eingestaubt. Als er ihn abhob, tanzten Staubflocken im schwachen Licht der nackten Glühbirne. Der Geruch nach altem Papier stieg ihm in die Nase. Und noch etwas anderes. Ihr Parfüm? Nein, das bildete er sich ein.

Das erste Foto zeigte das Café. Aber nicht, wie es jetzt war. Die Wände waren anders gestrichen gewesen, hellgelb. Die Tische anders gestellt. Das alte Café. Und am Klavier ...

Seine Hände zitterten nicht. Das war gut. Fortschritt, würde sein Therapeut sagen. Er hatte schon länger aufgehört, zu diesem Scharlatan zu gehen.

Anna am Klavier. Ein Kinderchor um sie herum. War das eine Weihnachtsfeier? Nein, Ostern. Man sah die Dekoration im Hintergrund. Leo stand ganz vorne, vielleicht acht oder neun. Noch ohne diese Verschlossenheit im Blick.

Das nächste Foto war privat. Ihre Hochzeit. Er schob es schnell beiseite.

Dann eines vom Café, von außen. Die alte Markise, die er hatte erneuern lassen nach der Übernahme. Anna im Türrahmen, winkend. Das "Auszeit" noch über der Tür. Er hatte stundenlang über einen neuen Namen nachgedacht. Sie hätte ihn dafür ausgelacht, wenn sie da gewesen wäre.

Seine Finger stießen auf etwas Hartes zwischen den Fotos. Die CD. Er hatte vergessen, dass sie hier war. "Frühlingskonzert 2022" stand in Annas geschwungener Handschrift darauf. Ihr letztes Konzert mit den Kindern. Leo hatte solo gesungen.

Die Tür zum Lager quietschte. Er hatte vergessen, sie richtig zu schließen.

"Chef?" Sarahs Stimme klang unsicher. "Frau Novak ist da. Und sie fragt nach dem Frühstückstee und ich weiß nicht..."

"Komme." Seine Stimme klang normal. Gut.

Er nahm die Schachtel mit in den Hauptraum und legte sie auf dem Tresen ab. Vielleicht ... vielleicht war es Zeit, sie nicht mehr zu verstecken. Er wollte es sich ansehen.

Der Stapel Listen lag vergessen Im Lager.

Frau Novak saß an ihrem Stammplatz, als er sich suchend umblickte. Sie sah ihn mit diesem Blick an. Wissend. Als könnte sie die Staubflocken auf seiner Schulter sehen, die Fotos in seinem Kopf.

"Der übliche Darjeeling?", fragte er.

Sie nickte nur. Ihr Blick folgte ihm hinter die Theke.

"Er war hier, oder? Herr Schneider?"

"Ganz genau. Von der Eisdiele."

Sie schnaubte. "Weiß ich doch. Der Junge hat doch keine Ahnung. Er will hier eine Winterhütte draus machen. Als ob Seeblick das bräuchte."

"Aber das Café braucht Seeblick auch nicht mehr Frau Novak."

"Vielleicht, aber darum geht es auch gar nicht. Ob du Barista oder Lehrer bist ist uns doch allen egal." Sie machte eine wegwerfende Handbewegung.

"Aber dir nicht. Und manchmal, da muss man einfach ..."

"...auf sein Herz hören?" Er klang bitterer als beabsichtigt. "Das habe ich neulich mal gemacht. Hat aber nicht funktioniert."

Sie schwieg. Er bereitete ihren Tee zu. Seine Hände waren ruhig. Zu ruhig.

"Du könntest sie auch einfach anrufen", sagte Frau Novak nach einer Weile.

"Wen?" Als ob er nicht wüsste, wen sie meinte.

"Sie vermisst Seeblick. Das Café. Vor allem aber dich. Ihr wäre es sicher egal, wo und als was du arbeitest. Ich glaube sie hat selbst noch ihre Einsichten nötig."

"Sie ist weg. War ihre Entscheidung."

"War sie das?" Frau Novak nahm einen Schluck von ihrem Tee. "Oder hast du sie weggeschickt? Mit deiner Art und deiner Angst loszulassen? Vielleicht hast du sie auch zu sehr an sich selbst erinnert."

Er antwortete nicht. Polierte stattdessen eine Tasse, die schon sauber war.

"Sie kommt wieder", sagte Frau Novak mit dieser irritierenden Selbstverständlichkeit. "Früher oder später. Die Frage ist nur - wird dann noch etwas da sein, zu dem sie zurückkommen kann? Oder jemand? Denk daran, was ich dir über Albert erzählt habe. Mach dir das Leben nicht unnötig schwer. Das hätte Anna niemals gewollt."

Der Nachmittag brachte einen Schwung Besucher. Eine Gruppe Teenager kam herein, Leo mittendrin. Sie waren laut, lebhaft, und bestellten erstaunlich viele Kakaos mit Sahne.

"Musikprobe", erklärte Leo, während die anderen sich um die Tische am Fenster drängten. "Für den Frühlingsball. Wir... also, ich..." Er wurde rot. "Ich werde ein Solo singen."

Jonas hielt in der Bewegung inne. "Das ist großartig!"

"Aber nicht ganz allein!" Leo hob abwehrend die Hände. "Mit Band. Tom spielt Keyboard, und Julia und Marc machen auch mit. Können wir vielleicht ungeplant ein wenig spielen heute? Ich weiß es ist nicht Dienstag, aber ..."

Jonas nickte lächelnd. "Klar, tut euch keinen Zwang an. Ihr stört ja niemanden."

Leo stiefelte direkt zum Klavier, seine Gruppe im Schlepptau.

Milo, der alte Verräter, hatte sich direkt zu den Jugendlichen gesellt und bekam mehr Streicheleinheiten, als gut für sein Ego war. Sogar Sarah lächelte wieder, während sie Bestellungen aufnahm.

Der Nachmittag verging wie im Flug. Als die Gruppe gegangen war, war es draußen bereits dunkel. Jonas blieb zurück zwischen halb abgeräumten Tischen, dem Geruch von Kakao und dem Nachhall von Leos zaghaftem Gesang. Sein Blick fiel auf die Schachtel mit den Fotos, die er aus dem Lager mitgenommen hatte. Oben auf lag das Bild vom Café - noch als "Auszeit". Mit der alten Markise. Den gelben Wänden.

Veränderung.

Der nächste Morgen kam früher als gewünscht. Jonas stand wie immer in der stillen Küche, sein erster Kaffee des Tages in der Hand. Die Schachtel mit den Fotos hatte er noch nicht weggeräumt, sie stand auf der Theke.

Die Türglocke bimmelte - Frau Novak, pünktlich wie ein Uhrwerk.

"Morgen", murmelte er und griff schon nach ihrer Teetasse.

"Was ist das?" Sie deutete auf die Schachtel. "Das stand hier gestern schon."

"Alte Fotos." Er zögerte. "Vom Café. Von... früher."

Sie setzte sich auf ihren Stammplatz, nahm die Lesebrille ab. "Du räumst auf?"

"Vielleicht." Er stellte ihren Tee vor sie hin.

"Und?"

"Ich..." Er polierte eine bereits saubere Tasse. "Ich denke, ich werde verkaufen. Neu anfangen..." Die Tasse glänzte mittlerweile gefährlich.

"Verstehe." Sie nippte an ihrem Tee. Schwieg. Wartete.

"Vielleicht könnte jemand anderes hier tatsächlich etwas draus machen. Etwas Neues. Nicht nur Café. Sondern auch... ich weiß nicht. Musik. Leben. Irgendetwas, was ich hier einfach nicht schaffe. Winterhütte klingt da gar nicht mal so schlecht. Aber mit Seele."

"Wie früher?", sagte sie leise.

"Anders als früher." Er stellte die Tasse endlich ab. "Aber ja. Vielleicht."

Frau Novak schüttelte den Kopf. "Weißt du, du bist genauso stur und verbohrt, wie eine andere Person, die ich kennenlernen durfte." Sie bezahlte und ging langsam zur Tür.

"Du machst das schon", sagte sie warm. "Aber du musst es immer noch nicht allein machen. Ruf sie an." Dann entschwand sie zur Tür hinaus.

Er seufzte. Es würde ohnehin nichts ändern. Sie war gegangen und hatte sich entschieden. Und er konnte es verstehen. Draußen begann es wieder zu schneien. Aber irgendwie sah der Winter heute anders aus. Weniger grau. Mehr wie ein leeres Blatt Papier.

Bereit für einen Neuanfang.

Kapitel 25: Grenzen

Die vergangenen Wochen hatten aus Arbeit bestanden, aus Schlaf, aber zu wenig und ein wenig aus Essen. Und Kaffee. Es ging mir nicht gut, aber das gestand ich mir nicht ein.

Die Hochhäuser verschwammen im Nieselregen zu gesichtslosen Riesen, während ich aus dem Taxi stieg. Normalerweise lief ich zur Arbeit, aber seit einigen Tagen nahm ich nur noch Taxen.

"Vierunddreißig fünfzig", brummte der Fahrer. Meine Hände zitterten so stark, dass ich einen Fünfziger fallen ließ. Er rutschte unter den Sitz.

"Moment", murmelte ich und bückte mich danach. Die Bewegung ließ meinen Kopf schwimmen. Der Fahrer seufzte genervt.

"Stimmt so", presste ich hervor und stolperte aus dem Wagen. Die Kälte traf mich wie ein Schlag. Wann hatte ich aufgehört, einen richtigen Wintermantel zu tragen? Diese dünne Designer-Jacke war ein Witz gegen den Wind.

Das Redaktionsgebäude ragte vor mir auf. Zwanzig Stockwerke Glas und Stahl, ein Monument moderner Architektur. Früher hatte ich mich wichtig gefühlt, wenn ich durch diese Drehtür ging. Heute fühlte ich mich nur klein.

Die Sicherheitskarte zitterte in meinen Händen, als ich sie durch das Lesegerät zog. Zweimal. Dreimal. Der Wachmann sah von seiner Zeitung auf.

"Alles okay, Frau Bergmann?"

Ich nickte mechanisch. Meine Kehle war zu eng für Worte. Gestern hatte es auch schon nicht so recht funktionieren wollen. Der Aufzug war voll. Eine junge Praktikantin - war ich jemals so jung gewesen? - tippte hektisch auf ihrem Handy. Zwei Manager im identischen Anzug-Look diskutierten Quartalszahlen. Der Typ aus der IT-Abteilung starrte auf seine Sneaker. Niemand sprach mit mir. Vielleicht bemerkten sie die Schweißflecken unter meinen Achseln. Oder die Art, wie ich mich am Geländer festklammerte.

Der Aufzug schwebte nach oben. Mit jedem Stockwerk wurde die Luft dünner. Dritter Stock. Vierter. Die Zahlen verschwammen vor meinen Augen.

"Geht's Ihnen gut?" Die Praktikantin sah besorgt zu mir herüber. "Sie sind ganz blass."

Ich nickte wieder. Mein Herz hämmerte so laut, dass sie es sicher hören konnten. Siebter Stock. Achter.

Neunter Stock. Marketing und Lifestyle.

Mein Schreibtisch sah aus wie eine Kampfzone. Post-its in allen Farben klebten am Monitor, jedes mit einer anderen Deadline. Der Sport-Artikel. Das Lifestyle-Special Nummer schießmichtot. Die Kolumne über urbanes Wohnen. Der Kaffee von gestern stand noch halb voll daneben, ein grauer Film auf der Oberfläche.

"Morgen, Lina!" Roberts Stimme war zu laut, zu nah. "Die Präsentation für heute ist fertig, oder?"

Präsentation. Richtig. Das Marketing-Meeting. Ich sollte Charts haben, Zahlen, Konzepte. Hatte ich auch. Irgendwo.

"Klar", antwortete ich hölzern und klickte hektisch durch meine Dateien. Komplizierte PowerPoint-Folien starrten mich an.

"Super", er klopfte mir auf die Schulter. Seine Hand fühlte sich an wie ein Brandmal. "Bis gleich dann!"

Das Surren der Klimaanlage wurde lauter. Ein hochfrequentes Pfeifen, das sich in meinen Schädel bohrte. Meine Finger tippten sinnlose Worte in die leeren Folien. "Urbanes Leben". "Moderne Konzepte". "Zielgruppen-Marketing".

Die Buchstaben tanzten vor meinen Augen wie betrunkene Ameisen.

Die neue Praktikantin - Lisa? Lena? - brachte mir einen Kaffee. "Sie sehen aus, als könnten Sie den gebrauchen."

Ich starrte in die schwarze Flüssigkeit. Der Geruch ließ meinen Magen rebellieren. Nicht wie der Kaffee im Café, der nach Heimat roch und ... nein. Nicht dran denken.

"Zehn Minuten bis zum Meeting!" Sandra steckte den Kopf durch die Tür. Ihr Lächeln gefror, als sie mich sah. "Alles okay? Du siehst..."

"Bestens", unterbrach ich sie. Meine Stimme klang schrill. "Ich bin gleich da."

Der Weg zum Konferenzraum war ein Tunnel aus fluoreszierendem Licht und grauen Wänden. Meine Schritte hallten auf dem Linoleumboden. Links. Rechts. Links. Wie ein Roboter.

Der Raum war zu hell. Die Jalousien filterten das graue Tageslicht in streifige Muster, die über die Wände krochen wie Gitterstäbe. Roberts neue Praktikantin präsentierte etwas über Social Media Trends. Ihre Stimme wurde immer höher in meinen Ohren.

"...und wie wir an den Engagementzahlen sehen..." Ihre Worte verschwammen zu einem hohen Summen.

Jemand klickte mit einem Kugelschreiber. Klick. Klick. Klick.

Mein Puls synchronisierte sich mit dem Geräusch. Zu schnell. Viel zu schnell.

Die Klimaanlage surrte. Die Streifen an der Wand bewegten sich. Der Raum begann, sich zu drehen.

"Lina? Du bist dran."

Ich starrte auf meinen Laptop. Mein Atem ging schnell, zu schnell. Die Präsentation war ein weißes Nichts. Meine Hände zitterten so stark, dass ich die Wasserflasche umstieß. Das Wasser breitete sich über den Tisch aus wie eine langsame Flutwelle.

"Scheiße", fluchte Robert und rettete seine Unterlagen.

Die Praktikantin reichte Taschentücher. Jemand lachte

nervös. Die Geräusche vermischten sich zu einem Crescendo in meinen Ohren.

"Ich..." Meine Stimme klang fremd. Die Luft wurde dünn. "Ich kann nicht."

"Was meinst du mit 'du kannst nicht'?" Roberts Stimme kam von sehr weit weg.

Der Raum kippte. Schwarze Punkte tanzten vor meinen Augen. Das Rauschen in meinen Ohren wurde zu einem Brausen.

Ich spürte, wie mein Körper aufstand. Wie von selbst. Die Tür war so weit weg.

"Lina!" Sandras Stimme. Besorgt jetzt.

Meine Beine trugen mich durch die Tür. Der Flur drehte sich. Die Wände kamen näher. Das Brausen wurde lauter.

Die Toilette war leer. Kalt. Das Neonlicht summte wie tausend wütende Wespen.

Ich schaffte es grade noch in eine der Kabinen, bevor sich mein Magen umdrehte. Dann wurde mir schwarz vor Augen.

Die Sanitäterin hatte kurze rote Haare und ein freundliches Gesicht. Ich blinzelte. "Können Sie mich hören? Ich bin Stefanie. Wir bringen Sie jetzt ins Krankenhaus."

Ich wollte protestieren, aber meine Stimme gehorchte nicht. Die Trage schwankte leicht, als sie mich durch die Flure schoben. Roberts besorgtes Gesicht. Die Praktikantin mit Tränen in den Augen. Sandra, die meinen Mantel und meine Tasche trug.

"Ich komme mit", hörte ich sie sagen.

Die Fahrt im Krankenwagen verschwamm zu einem Nebel aus Sirenen und gedämpften Stimmen. Stefanie maß meinen Blutdruck, steckte mir eine Nadel in den Arm. "Die Infusion hilft gegen die Dehydrierung", erklärte sie.

Das Krankenhaus roch nach Desinfektionsmittel und schlechtem Kaffee. Die Notaufnahme war ein Gewirr aus piepsenden Geräten und hastigen Schritten. "Klassischer Zusammenbruch", hörte ich einen Arzt sagen. "Vielleicht Burnout nach dem, was Sie beschreiben. Wir behalten sie erstmal zur Beobachtung hier."

Das Zimmer war ein Zweibett-Zimmer, aber das andere Bett war leer. Durch das Fenster sah ich graue Wolken vorüberziehen. Die Infusion tropfte leise neben mir.

Sandra blieb den ganzen Nachmittag. Sie saß in dem unbequemen Besucherstuhl und arbeitete auf ihrem Laptop, während ich döste.

"Du hättest was sagen müssen", sagte sie irgendwann.

"Ich dachte, ich hab's im Griff."

"Niemand hat alles im Griff." Sie klappte den Laptop zu. "Weißt du, was das Schlimmste war? Dass niemand überrascht war. Wir haben alle gesehen, wie du dich verändert hast. Seit Monaten schon. Seit..."

"Seit Martha", beendete ich den Satz.

Sie nickte. "Vielleicht auch schon länger. Seit Marc. Seit du aufgehört hast, nach Hause zu fahren und nur noch im Büro gelebt hast. Aber vor allem seit du zurück nach Berlin gekommen bist, ja."

"Berlin ist mein Zuhause", sagte ich automatisch, aber die Worte fühlten sich falsch an.

"Ist es das?" Sie verließ das Zimmer abends mit dem Versprechen, am nächsten Tag wieder vorbeizukommen.

Dr. Rasmussen kam später am Abend zur Visite. Er war groß und schlank, mit einem skandinavischen Akzent und dieser ruhigen Art, die man nicht spielen kann.

"Sie haben Glück gehabt", sagte er, während er meine Werte checkte. "Der Körper sendet lange Warnsignale, bevor er die Notbremse zieht. Sie haben sie allerdings zu lange ignoriert. Es wird dieses Mal keine dauerhaften Schäden geben, aber ich muss Ihnen dringend raten, besser auf Ihren Körper zu hören."

"Wie lange muss ich hierbleiben?"

"Mindestens drei Tage. Dann sehen wir weiter." Er machte sich Notizen. "Aber danach geht es nicht einfach wieder zur Tagesordnung über. Sie brauchen eine Pause. Eine echte Pause."

"Ich kann nicht einfach..."

"Doch", unterbrach er mich sanft. "Sie müssen sogar. Sonst liegen Sie in drei Monaten wieder hier. Oder schlimmer auf dem Friedhof mit einem Herzinfarkt, einem Schlaganfall oder weiß der Himmel was. Sie brauchen Ruhe."

Er ließ mich mit diesen Worten allein. Die Nacht kroch langsam durch das Zimmer, malte Schatten an die Wände. Irgendwann griff ich nach meiner Jacke, die über dem Stuhl hing.

Der Brief war noch da, in der Innentasche. Zerknittert, aber ungeöffnet. Der letzte Brief von Martha. Ich hatte ihn seit Wochen mit mir herumgeschleppt.

Meine Hände zitterten, als ich ihn öffnete. Nicht vor Erschöpfung. Diesmal vor etwas anderem.

"Meine liebe Lina,

Dies ist der achte und letzte Brief. Acht - wie die Glieder zweier Katzenpfoten. Wie die Stufen zu unserem Haus. Wie die Minuten, die du immer gewartet hast, bis dein Kakao die richtige Temperatur hatte.

Die anderen sieben Briefe habe ich dir von eigener Hand geschrieben. Dieser hier ... nun, manchmal braucht man Hilfe, auch wenn man sie nicht gerne annimmt. Aber das kennst du ja, oder?

Meine Handschrift war schon immer furchtbar, das weißt du. Jetzt ist sie unleserlich geworden. Aber die Worte, Spätzchen, die Worte sind alle meine.

In den anderen Briefen habe ich dir von der Vergangenheit erzählt. Von deinen donnerstäglichen Besuchen im Café. Von deiner Art, die Wolken zu beobachten. Von den Comics, die du hinter deinen Schulbüchern versteckt hast. Von den Träumen, die du hattest, bevor du beschlossen hast, erwachsen zu sein.

Dieser Brief soll anders sein. Er soll von morgen erzählen. Von deinem Morgen.

Weißt du, Spätzchen, ich sehe dich. Auch jetzt noch, wo meine Augen nicht mehr so klar sind wie früher. Ich sehe, wie du rennst. Wie du funktionierst. Wie du versuchst, allen Erwartungen gerecht zu werden - nur stellst du dabei deine eigenen viel zu hoch auf.

Du erinnerst mich so sehr an mich selbst, dass es manchmal wehtut. Ich war auch so. Habe gearbeitet, geplant, kontrolliert. War so beschäftigt damit, stark zu sein, dass ich vergessen habe, auch mal schwach sein zu dürfen. Bis das Schicksal eines Tages 'Stopp' gesagt hat. Bis deine Eltern starben. Klar wurde es dann nicht einfacher, aber ich war gezwungen umzudenken. Für dich. Und es war das verdammt noch mal Beste, was ich je getan habe.

Das Leben ist kein Wettlauf, Spätzchen. Niemand verteilt Medaillen für die meisten durchgearbeiteten Nächte oder die wenigsten gezeigten Gefühle.

Erinnerst du dich an die Muscheln, die du als Kind gesammelt hast? Jede Einzelne war für dich ein Schatz, egal wie unscheinbar sie war. Du hast sie deiner Mutter gezeigt, und sie hat jede Einzelne bewundert, als wäre sie eine Perle. 'Schönheit liegt im Auge des Betrachters', hat sie gesagt. Sie war so klug, deine Mutter.

Der Safe hinter dem Sekretär. Darin liegt etwas für dich. Nicht die Welt, aber vielleicht genug für einen Neuanfang. Egal wo, egal wie.

Ich wünsche dir den Mut, wieder innezuhalten. Den Mut, dich selbst zu sehen - nicht wer du sein solltest, sondern wer du bist und sein willst. Den Mut, dein eigenes Tempo zu finden in einer Welt, die immer schneller wird und in der viel zu selten innegehalten wird.

'Heimat ist kein Ort', sagte dein Vater immer, 'Heimat ist ein

Gefühl.' Er hatte recht. Wie so oft.

Wo auch immer du hingehst, was auch immer du tust - vergiss nicht, ab und zu stehen zu bleiben und den Wolken zuzusehen. Sie erzählen die besten Geschichten, wenn man ihnen nur zuhört.

Die Muscheln von damals - ich habe sie alle aufbewahrt. Sie liegen in der blauen Dose auf dem Dachboden. Acht Stück. Eine für jeden Brief. Eine für jeden Neuanfang.

In Liebe, Tante Martha

[Auf einem zusätzlichen, sorgfältig gefalteten Blatt:] "Auf Marthas Wunsch am 2. Oktober 2024 niedergeschrieben, drei Wochen vor ihrem Tod. Ihre Hände zitterten zu sehr zum Schreiben, aber ihre Worte waren klar und bestimmt. - Jonas"

Die Muscheln.

Die Erkenntnis traf mich wie ein Schlag. Die blaue Dose. Ich hatte sie gefunden, als ich den Dachboden ausräumte. Eine alte Keksdose, verbeult und verstaubt. Hatte sie achtlos in eine der Kisten geworfen, die für die Entrümpelung markiert waren. Die Muscheln hatte ich komplett vergessen.

"Oh Gott." Meine Stimme klang fremd in dem stillen Krankenzimmer.

Der Mond warf lange Schatten durch das Fenster. Auf dem Gang piepste leise ein Monitor. Die Nachtschwester würde gleich ihre Runde machen.

Ich griff nach meinem Handy, die Hände zitterten. Die

Nummer der Verwalterin war noch eingespeichert.

"Frau Bergmann?" Sie klang verschlafen. "Es ist fast Mitternacht..."

"Die Kisten", unterbrach ich sie. "Die Kisten für die Entrümpelung. Wurden die schon abgeholt?"

"Was? Nein, der Termin ist erst nächste Woche Donnerstag. Aber was..."

"Können Sie ihn absagen? Bitte. Ich... ich muss die Kisten noch mal durchsehen."

Eine Pause. "Geht es Ihnen gut?"

"Nein", sagte ich und musste fast lachen. "Nein, es geht mir nicht gut. Aber vielleicht ist das auch okay so."

Nach dem Telefonat lag ich lange wach. Der Mond wanderte über den Nachthimmel, malte Muster auf die kahle Krankenzimmerwand. Früher hatte ich stundenlang solche Muster beobachtet, hatte Geschichten in den Schatten gesehen.

Ich wusste nicht, warum ausgerechnet diese Muscheln den Ausschlag in meinem Kopf gaben, aber ich musste etwas tun. Etwas ändern. Nicht weil der Arzt es mir sagte, sondern weil ich es wollte. Aber erst brauchte ich meine Muscheln wieder.

Meine E-Mail-App öffnete sich wie von selbst.

"Liebe Sandra, ich werde kündigen. Vielleicht kannst du mir etwas vorschreiben. Nicht wegen heute. Nicht wegen des Zusammenbruchs. Sondern weil es Zeit ist, mehr auf mich zu hören. Danke für alles. Lina"

Ihre Antwort kam sofort, trotz der späten Stunde: "War schon lange überfällig. Ruh dich aus. Wir regeln den Rest später."

Der Morgen kam mit dem Geruch von schlechtem Krankenhauskaffee und dem rhythmischen Quietschen von Gummisohlen auf Linoleum. Die Frühschicht begann ihre Runde.

Ich hatte kaum geschlafen, aber zum ersten Mal seit Wochen fühlte sich die Müdigkeit nicht wie eine Last an. Sie war einfach da, wie die blassen Sonnenstrahlen, die durch die Jalousien fielen.

"Guten Morgen!" Die Schwester - Sabine, laut ihrem Namensschild - checkte meine Werte. "Besser geschlafen?" Ich schüttelte den Kopf.

"Aber anders", sagte ich nach einer Pause.

Sie nickte, als würde sie verstehen. Vielleicht tat sie das auch. Wie viele Menschen hatte sie schon gesehen, die sich selbst an ihre Grenzen gebracht hatten? Und wie wenig hatten wahrscheinlich die Kurve bekommen. Danke Martha. Das Frühstück war so, wie man es in Krankenhäusern erwartete. Trockenes Brot. Marmelade in kleinen Plastikbehältern. Tee, der mehr nach heißem Wasser schmeckte. Aber selbst das fühlte sich anders an. Echter. Als würde ich zum ersten Mal seit Langem wirklich schmecken, was ich aß.

Sandra kam gegen neun, einen Stapel Papiere unter dem Arm.

"Die Kündigung", sagte sie und legte sie auf meinen Nacht-
tisch. "Schon vorgeschrieben. Du musst nur noch unterschreiben. Lies gern mal drüber, aber ich denke, das passt
so."

Ich nahm den Stift, den sie mir reichte. Meine Hand zitterte
nicht.

"Drei Monate Kündigungsfrist", sagte sie, während ich
unterschrieb. "Aber du nimmst erstmal deinen Resturlaub.
Und den Überstundenausgleich. Das sind..."

"Sandra?" Ich legte den Stift weg. "Danke."

Sie setzte sich auf die Kante meines Bettes. "Wofür?"

"Dass du es kommen sehen hast. Ich wollte nur nicht auf
dich hören."

Sie lächelte. "Das ist das Mindeste, was eine gute Chefin tun
kann. Und naja, ich hab versucht, dich drauf zu stoßen.
Vielleicht hätte ich noch deutlicher sein müssen." Eine
Pause. "Auch als Freundin." Sie lächelte. "Aber du bist verdammt stur, wenn es darum geht, sich irgendetwas einzugestehen."

Ich lachte kurz, aber herzlich. "Genau wie du."

Wir schwiegen eine Weile. Draußen schob sich eine Wolke
vor die Sonne, tauchte das Zimmer in gedämpftes Licht.

"Was wirst du tun?", fragte sie schließlich.

"Erst mal gesund werden." Ich faltete Marthas Brief
zusammen, strich über das Papier. "Und dann... dann muss
ich ein paar Muscheln retten. Und jemanden davon über-
zeugen, dass ich doch nicht der Arsch bin, als der ich mich

gegeben habe. Und dann…keine Ahnung. Ich will auf jeden Fall weiter schreiben. Nur … anders." Ich lächelte. Sie hob eine Augenbraue, fragte aber nicht weiter.

Dr. Rasmussen kam zur Visite, checkte meine Werte, hörte mein Herz ab.

"Der Blutdruck ist besser", sagte er. "Aber Sie bleiben noch mindestens zwei Tage hier. Und danach absolute Ruhe. Mindestens vier Wochen."

"Ich weiß", sagte ich. Und zum ersten Mal fühlte es sich nicht wie eine Strafe an.

Der Tag zog sich, wie Krankenhaustage das eben taten. Sandra ging irgendwann zurück ins Büro. Die Schwestern kamen und gingen. Durch das Fenster sah ich Wolken vorbeiziehen, grau und weiß und wieder grau. Warum hatte ich in den letzten Jahren nicht ein einziges Mal bemerkt, wie deprimiert ich hier geworden war. Man hört zwar immer, dass den meisten Leuten viel zu spät auffällt, wenn sie sich in eine Schublade zu zwängen versuchen. Manchen sogar niemals. Trotzdem. Ich hätte gedacht, mir könnte so etwas nie passieren.

Früher hatte ich mit Martha am Strand gesessen und Geschichten in den Wolken gesehen. Drachen und Schiffe und manchmal, wenn wir Glück hatten, einen Wal. Sie hatte nie gesagt, dass es kindisch war. Hatte einfach mitgemacht, ihre eigenen Geschichten erzählt.

Jetzt, im sterilen Krankenzimmer mit dem piepsenden

Monitor neben mir, sah ich einen Vogel in den Wolken. Einen, der seine Flügel ausbreitete, bereit zum Flug.

Mein Handy vibrierte. Eine weitere Mail von Sandra und die 4 unbeantworteten Anrufe von Frau Novak. Ich würde sie abhören.

"Rob übernimmt deine Projekte. Mach dir keine Gedanken. Concentrate on yourself, wie die Amerikaner sagen."

Ich musste lächeln. Typisch Sandra, immer noch die Fürsorgende, selbst jetzt.

Die Abendsonne malte lange Schatten an die Wand. Irgendwann brachte eine Schwester das Abendessen - wieder Zwieback, wieder geschmackloser Tee.

Aber das war okay. Alles war okay.

Acht Muscheln in einer blauen Dose. Acht Briefe. Acht Chancen. Na ja, das war wahrscheinlich eher ein Zufall als irgendeine schicksalhafte Poesie.

Bald würde ich mir Sorgen um die Kisten machen. Um die Muscheln. Um die Zukunft.

Aber jetzt? Heute beobachtete ich einfach die Wolken.

Und zum ersten Mal seit Langem fühlte sich das nach genug an.

Kapitel 26: Winterkälte

Der Makler blätterte durch die Unterlagen, während der Regen gegen die Fensterscheiben von Jonas' Wohnung trommelte. Die Dachgeschosswohnung über dem Café war immer sein Zufluchtsort gewesen. Jetzt fühlte sie sich eng an. Beengend.

"Die Zahlen der letzten drei Jahre." Der Makler - Wagner oder Walter oder so ähnlich - schob seine Brille hoch. "Nicht berauschend."

Jonas starrte auf die Grafiken. Rote Zahlen. Viele rote Zahlen. Vermissen würde er das nicht.

"Eine vernünftige Entscheidung", sagte der Makler. "Je früher man den Schlussstrich zieht, desto besser."

Milo lag zusammengerollt auf seinem Kissen in der Ecke. Er hatte nicht einmal den Kopf gehoben, als der Besuch kam. Früher hätte er jeden Gast enthusiastisch begrüßt.

Er zog weitere Papiere aus seiner Aktentasche. Der Regen wurde stärker, eine graue Wand vor den Fenstern.

Jonas unterschrieb mechanisch. Sein Name sah fremd aus auf dem Papier.

"Sehr gut." Der Makler packte die Unterlagen ein. "Ich melde mich, sobald ich Rückmeldung habe."

Nachdem er gegangen war, stand Jonas lange am Fenster. Die Straße unter ihm verschwamm im Regen. Das Café war heute geschlossen - sein erster freier Montag seit Wochen. Sarah hatte angeboten einzuspringen, aber wozu?

Es war vollbracht. Die Tinte trocken sozusagen. Und es fühlte sich ... befreiend an. Der kalte Griff, der sich seit Monaten schon um seine Eingeweide geklammert hatte, lockerte sich merklich.

Er drehte sich um, ließ den Blick durch die Wohnung schweifen. Überall Erinnerungen. Das Bücherregal, das Anna so geliebt hatte. Die Zimmerpflanze, die er nie umbringen konnte, egal wie selten er sie goss. Der alte Sessel, in dem Martha immer gesessen hatte, wenn sie zu Besuch kam.

Martha.

Anna.

Die letzten Jahre hatte er immerzu an sie denken müssen. Bis auf einmal Lina einen doppelten Espresso forderte. Da hatte er sie das erste Mal nicht ständig vor Augen gehabt. Sich nicht mehr vorgestellt, wie der Unfall passiert war. Wie sie im Auto hatte kämpfen müssen, nur um zu verlieren. Es war okay und wichtig sich zu erinnern, aber seit Ewigkeiten machte ihn diese Erinnerung fertig. In gewisser Weise fühlte sich der Verkauf des Cafés an wie ein Fortschritt.

Milo kam zu ihm, stupste seine Hand an.

"Spaziergang?", fragte Jonas.

Der Hund wedelte schwach mit dem Schwanz. Besser als nichts.

Der Regen hatte nachgelassen, als sie die Treppen hinuntergingen. Jonas vermied den Blick auf die Café-Tür. Stattdessen gingen sie Richtung See.

Der Wind trieb Sandkörner über die nassen Holzbohlen des kleinen Stegs. Die Wellen schlugen rhythmisch gegen den künstlichen Strand. Ein grauer Tag im Januar, die Luft nass und kalt.

Sie waren allein hier draußen. Keine Touristen, keine Eisverkäufer, keine Muschelsammler. Nur sie und die Möwen, die die paar Hundert Meter vom Meer gern auf sich nahmen, um am See nach spezieller Krötenbeute Ausschau zu halten.

Früher war er oft mit Anna hier spazieren gegangen. Nach Konzerten, wenn sie nicht schlafen konnte. Oder morgens, wenn die Sonne aufging und der Strand noch unberührt war.

An einem Morgen wie diesem hatte sie vom Café erzählt. Von ihrer Idee, Musikunterricht dort zu geben und nicht nur in der Schule. Privat.

"Es hat so eine besondere Atmosphäre", hatte sie gesagt. "Als würde die Zeit dort anders ticken."

Er hatte gelacht. Damals war er noch Lehrer in Neustadt gewesen, hatte Geschichte und Musik unterrichtet, spießig, und war gependelt. Unter der Woche war er häufig in seiner kleinen Wohnung dortgeblieben. Für sie beide hatte das perfekt funktioniert. Und das Café war der beste Ort für den nachmittäglichen Kaffee gewesen.

Jetzt ... Er fühlte sich befreit. Entlastet. Und gleichzeitig drückte ihm sein Gewissen immer noch ein wenig aufs Gemüt. War das nicht wie aufgeben? Wie vergessen? Wie Verrat an Anna? Nein. Sie hätte es so gewollt. Er dachte an die Schule, in der er gearbeitet hatte. Das fehlte ihm. Anna hätte erwartet, dass er weiterzieht.

Milo bellte plötzlich. Eine einzelne Möwe war zu nah gekommen. Der Hund jagte ihr ein paar Meter nach, aber sein Herz war nicht dabei.

"Wir sind beide nicht mehr dieselben, was?", murmelte Jonas.

Sie gingen weiter, weg vom See in Richtung Meer bis zum alten Leuchtturm. Die rote Farbe blätterte ab, aber das Licht funktionierte noch. Jeden Abend. Verlässlich wie ein Versprechen.

Das Café war nicht mehr zu retten. Die Zahlen sprachen eine deutliche Sprache. Heizkosten. Stromkosten. Personalkosten. Der neue Besitzer würde das alles modernisieren. Effizienter machen. Rentabler. Es war gut so. Das war seine Gelegenheit weiterzumachen. Vorwärtszukommen.

Das Klavier würde abgeholt werden. Die alten Tassen durch einheitliches Geschirr ersetzt. Die Wände in beruhigendem Beige gestrichen.

Fortschritt.

Ein besonders kalter Windstoß traf sie. Milo drängte sich an sein Bein.

"Nach Hause?", fragte Jonas.

Der Hund sah zum Leuchtturm hoch, dann zurück Richtung Stadt.

Zu Hause. Was bedeutete das schon? Die Wohnungen in Neustadt waren teurer, aber schön. Er hatte ein paar Anbieter bereits kontaktiert. Ein ebenso gutes Zuhause, solange er glücklich war.

Sie nahmen den Weg über die Klippen zurück. Von hier oben konnte man das ganze Städtchen sehen. Die alten Häuser mit ihren roten Ziegeldächern. Den Kirchturm. Den Marktplatz.

Und das Café. Klein von hier oben. Unscheinbar.

Kapitel 27: Rückkehr

Der Zug erreichte Seeblick um Punkt halb acht. Der kleine Bahnhof lag verlassen im Winterlicht, die Schienen glänzten vom leichten Schnee, der die letzten Stunden über gefallen war. Keine eiligen Pendler, nicht einmal der Zeitungsverkäufer war da. Die Stadt schien noch zu schlafen.

Mein Koffer war noch leichter diesmal. Kein Arbeitslaptop. Keine Deadlines. Nur das Nötigste und die Krankschreibung von Dr. Rasmussen, die sich anfühlte wie ein Freifahrtschein in ein neues Leben.

"Mindestens vier Wochen", hatte er gesagt. "Besser sechs. Und dann sehen wir weiter." Und danach den Resturlaub. Arbeiten musste ich während meiner Kündigungsfrist nicht mehr. Ich hatte alle Zeit der Welt.

Die Krankenhaustage lagen hinter mir wie ein seltsamer Traum. Die Gespräche mit Sandra. Die Kündigung. Marthas Brief. Die plötzliche Erkenntnis über die Muscheln.

Der Schnee wurde stärker, als ich den Bahnhofsvorplatz überquerte. Durch die grauen Wolken drang kaum Licht. Die Stadt lag still da, eingehüllt in winterliche Lethargie.

Das Wetter war nicht wesentlich besser als bei der letzten Ankunft. Und doch fühlte es sich diesmal wie eine völlig andere Stadt an, in die ich eintrat. Ich fühlte mich… wohl. Nicht direkt zu Hause, aber viel wohler als in Berlin. Wo ich die Entschleunigung damals als langweilig und anormal wahrgenommen hatte, erlebte ich jetzt ein Gefühl von Ruhe und … Fokus.

Die Lindenstraße hatte sich nicht verändert. Die kahlen Kastanienbäume. Die schiefen Gartenzäune. Marthas - nein, mein Haus am Ende der Straße.

Der Schlüssel steckte noch in meiner Manteltasche, wo er die ganze Zeit über gewesen war. Als hätte ein Teil von mir gewusst, dass ich zurückkommen würde. Gut ich hatte ihn dort vergessen bei der überhasteten Abreise und hatte mir gesagt, ich könnte ihn sicher der Verwalterin schicken.

Das Türschloss klemmte wie immer. Ein kräftiger Stoß mit der Schulter - die Bewegung saß noch, als hätte ich das seit Jahren täglich gemacht.

Der Flur empfing mich mit dem vertrauten Duft nach altem Holz und … Zimt? Richtig, die Schale auf dem Sideboard. Sie stand zwar nicht mehr dort, der Geruch hing allerdings nach wie vor in der Atmosphäre der Zeitkapsel, die diese Immobilie darstellte.

Die Stille im Haus war anders als bei meiner ersten Ankunft vor zwei Monaten. Nicht mehr bedrohlich oder vorwurfsvoll. Eher erwartungsvoll. Als würde das Haus selbst den Atem anhalten.

Die Kisten für die Entrümpelung stapelten sich im Wohnzimmer. Ordentlich beschriftet mit "Entsorgen", "Spenden", "Einlagern". Mein System von vor vielen Wochen, als ich noch dachte, man könnte ein Leben so einfach katalogisieren. Und als ich dachte, ich wäre nach einer Woche wieder fort.

Wo war die blaue Dose?

Meine Hände zitterten, als ich die erste Kiste öffnete. Bücher. Die zweite. Alte Kleidung. Die dritte ...

"Komm schon", murmelte ich. "Wo bist du?"

Die Sonne kämpfte sich durch die Wolken, warf blasse Rechtecke auf den Boden. Der Staub tanzte in den Lichtstrahlen wie winzige Diamanten.

Die vierte Kiste war schwerer als die anderen. "Entsorgen" stand in meiner Handschrift darauf.

Und da war sie. Zwischen einem alten Fotoalbum, wo ich keine Personen hatte zuordnen können und einer kaputten Tischlampe. Die blaue Keksdose mit den verblichenen Blumen am Rand. Der Deckel klemmte ein wenig - natürlich tat er das. Er hatte schon immer geklemmt.

Acht Muscheln, hatte Martha geschrieben. Eine für jeden Brief.

Meine Finger zitterten so stark, dass ich die Dose fast fallen ließ. Der Deckel gab nach mit einem leisen 'Plopp'.

Sie waren alle da. Acht Muscheln, sorgfältig in Seidenpapier gewickelt.

Die erste: eine kleine Jakobsmuschel, perlmuttfarben schimmernd. Von dem Tag, als Papa mir beigebracht hatte, wie man Steine übers Wasser flitschen lässt. Ich hatte stattdessen diese Muschel gefunden und sie war mir wichtiger gewesen als alle Steinchen-Tricks.

Die zweite: eine gedrehte Schnecke in Braun und Weiß. Mama hatte sie mir auf unserem letzten gemeinsamen Strandspaziergang geschenkt. "Hör mal", hatte sie gesagt und mir die Muschel ans Ohr gehalten. "Das Meer singt nur für dich."

Die dritte: Ein zerbrochenes Gehäuse, aber die Bruchstelle glänzte wie poliertes Silber. Martha hatte es gefunden, als ich nach Mamas Tod tagelang nicht zum Strand wollte. "Manchmal", hatte sie gesagt, "sind die kaputten Dinge die wertvollsten."

Die vierte: Eine perfekt runde Muschelschale, glatt wie ein Kiesel. Die hatte ich am Morgen nach Papas Beerdigung gefunden, als ich im Morgengrauen zum Strand gelaufen war. Martha hatte mich dort gefunden, durchgefroren und weinend. Ich erinnerte mich wieder an alles davon. Unglaublich, dass ich das alles verdrängt hatte.

Die nächsten drei waren eher unscheinbar, dunkel, fast schwarz. Bei ihnen wusste nicht mehr, wann und wo ich sie gesammelt hatte.

Und die achte ... Ich stockte. Die achte war anders. Keine Muschel, sondern ein Stein. Flach, ideal zum Flitschen über die Wasseroberfläche. Um ihn war ein Zettel gewickelt, Marthas Handschrift, zittrig, aber lesbar:

"Die letzte Muschel musst du selbst finden, Spätzchen. Man kann nicht alle Schätze von anderen bekommen. Immer schön ein Schritt nach dem anderen. Ich liebe dich!"

Die Türklingel riss mich aus meinen Gedanken.

Frau Kellermann, die Verwalterin, sah anders aus als in meiner Vorstellung. Älter vielleicht, mit einem warmen Lächeln und einer dicken Wollmütze, von der Schneeflocken tropften.

"Es schneit", sagte sie zur Begrüßung. "Der erste richtige Schnee dieses Jahr."

Sie hatte recht. Im letzten Jahr hatte es viel Schnee gegeben, doch seit Anfang Januar bestand das Wetter eigentlich ausschließlich aus Regen und etwas, was zwar aussah wie Schnee, aber in der Regel zu Matsch wurde, sobald es auf dem Boden auftraf.

Dann sah ich den gestrickten Schal um Frau Kellermanns Hals. Er kam mir wohlig vertraut vor.

"Den hat Martha mir letzten Winter geschenkt", sagte sie, als sie meinen Blick bemerkte. "Sie hatte eine Phase, in der sie für den ganzen Chor Schals gestrickt hat. Ihre Arthritis wurde schlimmer, aber sie wollte es sich nicht nehmen lassen."

"Sie waren im Chor zusammen?"

"Fast dreißig Jahre." Sie setzte sich auf einen der Umzugskartons, faltete die Hände im Schoß. "Alt und Sopran, die perfekte Mischung. Martha hatte diese wunderbare tiefe Stimme..." Sie lächelte in Erinnerungen versunken. "Die Verwaltung des Hauses - das war mehr ein Freundschaftsdienst. Sie wollte jemanden, der..." Sie hielt inne.

"Der was?"

"Der Sie kennt. Also, von ihren Geschichten her. Von den Donnerstagnachmittagen im Café. Von den Muscheln am Strand."

Ich berührte die Dose in meiner Tasche. Diese verdammte Frau. Ich musste unwillkürlich lächeln und mir kam es so vor, als wären meine Augen bei dem Gedanken an Tante Martha etwas feuchter geworden. Das schien Frau Kellermann ebenfalls zu bemerken.

"Oh Spätzchen." Der Kosename kam so natürlich über ihre Lippen, dass es einen Moment brauchte, bis ich ihn registrierte. "Entschuldigung, aber so hat sie immer von Ihnen gesprochen. Sie wusste alles. Hat alles aufbewahrt. Die Muscheln, die Briefe, die Hoffnung, dass Sie eines Tages..."

Sie unterbrach sich, griff in ihre Tasche. Noch ein Umschlag. "Sie hat mir das hier gegeben. Für den Fall, dass Sie zurückkommen. 'Wenn sie bereit ist', waren ihre Worte."

Meine Hände zitterten, als ich den Umschlag öffnete. Kein Brief diesmal. Ein Schlüssel.

"Der Safe", sagte Frau Kellermann. "Hinter dem Sekretär. Martha meinte, Sie würden wissen, wann es Zeit ist."

Der Sekretär stand noch im Arbeitszimmer. Ein wuchtiges Möbelstück aus dunklem Holz, das ich für den Verkauf eigentlich hatte aufarbeiten lassen wollen. Vor der wunderbaren Nacht mit Jonas, wegen der ich mich jetzt so schämte. Der Safe dahinter war so gut versteckt, dass ich ihn beim Ausräumen nicht gefunden hatte. Wer käme denn auch auf die Idee das schwere Mistvieh zu verrücken. Das hatte ich dem Entrümplungsteam überlassen wollen. Das Schloss klickte leise, als ich den Schlüssel drehte. Die Tür schwang auf.

Der Safe war leer, bis auf ein kleines unscheinbares Heftchen, das ich im ersten Moment nicht zuordnen konnte. Erst beim Herausnehmen und einem Blick auf den Einband erkannte ich es als Sparbuch.

"Sie hat jeden Monat etwas zurückgelegt", sagte Frau Kellermann leise. Sie stand in der Tür, den Schal fest um die Schultern gezogen. "Für Ihre Zukunft, hat sie gesagt. Für welche auch immer Sie sich entscheiden würden."

Der Schnee fiel jetzt dichter. Durch das Fenster konnte ich die Straße kaum noch erkennen. Und durch den leichten Schleier, der jetzt in meinen Augen dafür sorgte, dass ich mich zusammenreißen musste. Sie hatte mich gekannt. Besser als ich mich selbst. Und ich hatte sie so lange gemieden, weil ich es immer insgeheim gewusst hatte. Also hatte sie dafür gesorgt, mich gezwungen, zurückzukommen und mich meinen Ängsten und meiner Vergangenheit zu stellen. Und ihr. Als ich das Buch öffnete und die Zahl sah, die dort stand, zog sich mein Magen schmerzhaft zusammen. Und gleichzeitig erfüllte mich ein Gefühl tiefer

Dankbarkeit.

"Das Entrümpelungsteam kommt morgen", sagte Frau Kellermann. "Soll ich den Termin verschieben?"

"Nein." Ich steckte das Sparbuch ein, zusammen mit den Muscheln und dem Stein und wischte mir kurz über die Augen. "Aber ich hätte da eine andere Bitte..."

"Ja?"

"Können Sie sich um alles kümmern? Die Übergabe, die letzten Unterschriften - ich ..." Ich sah Richtung Fenster, durch den fallenden Schnee. "Ich muss jemanden finden."

"Natürlich." Sie lächelte wissend. "Martha hat immer gesagt, man muss man die wichtigen Dinge zuerst erledigen." Sie packte ihre Unterlagen zusammen. "Ich regle den Rest mit dem Makler und dem Entrümpelungsteam. Sie... Sie tun, was Sie tun müssen. Ich brauche nur den Schlüssel."

Dann ging alles ganz schnell.

Schlüsselübergabe. Jacke an. Schal um. Handschuhe. Die Muscheln und den Stein sicher in der Tasche verstaut. Alles an den Mann, oder die Frau, was ich dabeihatte, und los ging es.

Die Straßen zeigten sich jetzt von ihrer märchenhaften Seite. Der Schnee dämpfte alle Geräusche, legte sich wie eine Decke über die Stadt. Meine Schritte knirschten im frischen Weiß. Ein Glück, dass es nicht fror.

Links. Rechts. Die alte Apotheke. Der Zeitungsladen. Die Bank an der Ecke.

Mein Herz schlug schneller mit jedem Schritt. Was würde ich sagen? 'Tut mir leid' schien zu wenig. 'Ich liebe dich' zu viel und zu früh. Vielleicht einfach 'Ich bin da'? Auch blöd. Ich wusste es ja selbst nicht. Aber ich wollte zu ihm. Mit ihm reden. Mich entschuldigen. Ihn noch mal küssen. Es war unglaublich. Ich kannte ihn wenige Monate und von dieser Zeit hatte er die Hälfte mürrisch geschwiegen und doch pochte mir mein Herz bis aus der Luftröhre und ich hatte Schmetterlinge im Bauch wie lange nicht mehr. Scheiß auf Marc. Das hier war anders.

Das Café lag um die nächste Ecke. Noch dreißig Schritte. Zwanzig.

Erste Anzeichen, dass etwas nicht stimmte: keine Lichter in den Fenstern.

Zehn Schritte.

Fünf.

Ein Schild an der Tür.

Ich blieb wie angewurzelt stehen.

"Dauerhaft geschlossen", stand da in Jonas' klarer Handschrift. "Wir danken unseren Gästen für die gemeinsame Zeit."

Die Scheiben waren von innen teilweise mit Papier abgeklebt. Durch einen Spalt konnte ich den leeren Raum sehen. Das Klavier war noch da. Die Stühle standen auf den Tischen. Die Theke war leer.

Meine Hand legte sich wie von selbst gegen das kalte Glas. Der Stein in meiner Tasche fühlte sich plötzlich schwer an.

Zu schwer.

War ich zu spät?

Der Schnee fiel weiter, legte sich auf meine Schultern wie eine Last. Oder eine Mahnung.

Wo würde er sein? An einem Morgen wie diesem?

Meine Füße setzten sich wie von selbst in Bewegung. Ich wusste nicht, wohin ich wollte, aber stehen bleiben konnte ich nicht. Ich musste ihn finden.

Der Schnee knirschte unter meinen Schritten, während ich loslief.

Kapitel 28: Steinchen

Der Schnee fiel weiter in dicken Flocken, als ich ziellos durch die Straßen lief. Das geschlossene Café hatte sich wie ein Stich in mein Herz angefühlt. "Dauerhaft geschlossen" – zwei Wörter, die sich anfühlten wie ein endgültiges Urteil. War das meine Schuld? Hatte meine ewige Flucht vor allem, was wichtig war, nun auch das zerstört? Ich hätte bleiben sollen in der Nacht, als wir miteinander geschlafen hatten. Scheiße!

Die verschneiten Straßen von Seeblick waren wie ein Labyrinth aus Erinnerungen. Hier die Bank, wo ich als Kind meine Schultüte fotografiert bekommen hatte. Dort der kleine Laden, wo Martha immer ihre Wolle gekauft hatte. Das Schaufenster der Buchhandlung, wo ich früher stundenlang gestanden und von Abenteuern geträumt hatte.

"Café der verpassten Chancen" - der Name war wie ein schlechter Witz. Eine weitere verpasste Chance in der langen Liste von Lina Bergmann. Chance Nummer eins: Nach dem Tod meiner Eltern hätte ich Martha schon als Kind, und vor allem als Jugendliche, mehr an mich heranlassen können, statt mich erst in der Schule und dann in Arbeit zu vergraben, nur um so wenig wie möglich über meine Gefühle nachzudenken. Chance Nummer zwei: Die Anrufe hätte ich annehmen können, als sie krank wurde. Annehmen müssen. Chance Nummer drei: Bei Jonas hätte ich bleiben müssen, statt zu versuchen wie eine Diebin klammheimlich zu verschwinden. Ich hatte einen Rückschritt gemacht. Hatte mich wieder in ein Haifischbecken geworfen, aus dem ich längst hätte ausbrechen müssen. Meine Krankenkasse dankte es mir sicher. Die Muscheln in meiner Tasche klimperten leise bei jedem Schritt. Acht Stück. Na ja, vier. Und der Stein - Marthas letztes Geschenk. "Die letzte Muschel musst du selbst finden", hatte sie geschrieben. Als hätte sie gewusst, dass ich eines Tages hier stehen würde, verloren zwischen dem, was war und dem, was sein könnte.

Meine Füße trugen mich automatisch zum See. Der Schnee hatte die Landschaft in eine surreale weiße Decke gehüllt. Die Enten hatten sich ans Ufer zurückgezogen, aufgeplustert gegen die Kälte. Genau wie damals, bei unserer ersten richtigen Begegnung. Das Wasser war gekräuselt unter dem leichten Winterwind.

Und dann sah ich ihn.

Jonas stand am Ufer, den Kragen seines Mantels hochgeschlagen. Seine Hand holte aus, ein Stein flog in hohem Bogen über das Wasser. Sieben Mal hüpfte er über die Oberfläche, bevor er versank.

"Nicht schlecht", sagte ich und meine Stimme zitterte nur ein kleines bisschen. "Aber da geht noch mehr." Gott sei Dank, das war definitiv besser als ‚ich bin da'.

Er erstarrte. Drehte sich langsam um.

"Lina."

Ein Wort. Mein Name. Aber die Art, wie er ihn sagte, ließ meine Knie weich werden. Hoffentlich war er nicht zu enttäuscht.

"Ich war im Krankenhaus", sagte ich ohne Umschweife. Die Worte kamen von selbst, sprudelten aus mir heraus wie ein Wasserfall, der unmöglich aufzuhalten war. "Zusammenbruch. Burnout. Der Klassiker." Ich lachte kurz, aber es klang hölzern. "Weißt du, was das Schlimmste war? Nicht die Erschöpfung. Nicht mal die Panikattacken. Sondern die Erkenntnis, dass ich jahrelang vor allem weggelaufen bin, was wichtig war. Und…Und es tut mir so leid, dass ich auch vor dir weggelaufen bin. Weil ich…, weil ich dich echt mag."

Er schwieg, aber seine Augen ließen mich nicht los.

"Martha hat es gewusst. Also nicht das mit dir, aber das mit mir", fuhr ich plappernd fort, während er mich nur mit dieser stoischen Ruhe ansah. "Sie hat mir die Briefe hinterlassen. Und Muscheln. Acht Stück." Ich holte die Muscheln aus der Tasche, ließ sie in seiner Hand klimpern. "Nein sieben. Und einen Stein."

"Das Café ist verkauft", sagte er plötzlich. "Es wird eine Winterhütte daraus gemacht." Er lächelte schwach. "Ist vielleicht besser so."

"Ich weiß. Ich war beim Café." Ich trat näher. "Ich habe auch das Haus verkauft. Die Verwalterin kümmert sich um alles."

"Dann gehst du zurück nach Berlin?"

"Nein. Nicht dauerhaft zumindest. Nur bis ich weiß, wohin es geht." Ich schüttelte den Kopf. "Ich habe gekündigt. Aber ich gehe auch nicht hierher zurück." Ich holte tief Luft. "Weißt du, manchmal muss man loslassen, um vorwärtszukommen. Seeblick... das hier war wichtig. Die Erinnerungen, Martha, das alles. Zu verstehen, was ich falsch gemacht habe. Aber es ist auch Vergangenheit. Ich weiß ehrlich gesagt nicht, was ich machen möchte, aber ich habe Zeit, es herauszufinden."

Er drehte einen der Steine in seiner Hand. "Anna hat das auch immer gesagt. Dass man manchmal loslassen muss." Seine Stimme wurde leiser. "Ich habe es nur nie gekonnt. Ich habe mich im Café vergraben wie hinter einem Schutzschild. Ich dachte, dass ich ihr damit meine Ehrerbietung erweise. Ihr Andenken bewahre. Dabei habe ich genau das getan, was sie niemals von mir gewollt hätte. Dass ich mich dazu zwinge, etwas zu tun, was ich nicht mag. Bis nichts mehr durchkam. Keine Musik. Kein Leben. Nicht mal..."

"Nicht mal ich?"

"Nicht mal du. Aber du bist durchgekommen. Nur deswegen habe ich erkannt, was ich tun muss, auch wenn es mir schwerfällt. Und es tut mir auch leid. Ich hätte viel früher erkennen müssen, dass ich auf der Stelle trete."

Wir standen da im fallenden Schnee, der See vor uns wie ein dunkler Spiegel. Ich musste lächeln. Ich wusste auch nicht warum.

"Komm mit mir", sagte ich plötzlich. Die Worte überraschten mich selbst. "Erst einmal nach Berlin. Und dann irgendwohin. Neu anfangen. Martha hat mir Geld hinterlassen, und mit dem Verkauf des Cafés und des Hauses können wir uns Zeit nehmen. Herausfinden, ob es mit uns passt. Und natürlich, was wir tun wollen."

Er sah mich lange an. Der Schnee sammelte sich in seinen dunklen Haaren.

"Einfach so?"

"Einfach so." Ich lächelte. "Manchmal muss man springen. Wie ein Stein übers Wasser."

Seine Hand fand meine, warm trotz der Kälte. "Was ist mit Milo?"

"Der kommt mit. Er kann überall Geschirrtücher klauen."

Er lachte, und es klang echt. Frei. "Du bist verrückt, weißt du das?"

"Ja." Ich zog ihn näher. "Aber diesmal auf die gute Art."

Der Kuss schmeckte nach Schnee und Kaffee und Möglichkeiten. Nach einem Ende und einem Anfang zugleich.

"Ich wäre gern wieder Lehrer. Ich hätte eine Stelle in Neustadt, an meiner alten Schule", flüsterte er gegen meine Lippen.

Ich lachte und ließ meinen Kopf auf seine Schulter sinken.

Dann drückte ihm den Stein in die Hand. "Dann sei wieder Lehrer. Egal wo. Hauptsache zusammen. Und vielleicht bedeutet das ja auch, dass ich jetzt weiß, wo ich nach Berlin hingehe." Ich berührte seine Nase mit meiner. Er grinste, bevor er sich langsam von mir löste.

Dann wog er den Stein in der Hand und holte aus. Der Wurf war perfekt - neun Mal hüpfte der Stein über das Wasser, bevor er versank. Ein letzter Tanz auf der dunklen Oberfläche.

Der Schnee fiel weiter, aber uns war nicht mehr kalt. Die Umarmung, in der wir uns anschließend festhielten, schenkte uns beiden Wärme genug. Manchmal, dachte ich, während Jonas mich fester an sich zog, muss man erst weit genug weglaufen, um zu verstehen, wo man hingehört. Und manchmal ist das nicht ein Ort, sondern man selbst. Und mit viel Glück auch noch ein anderer Mensch, der das Zuhause komplettiert. Scheiß auf Berlin, Scheiß auf Seeblick und Scheiß auf das Café. Wichtig war, dass wir glücklich sein konnten und uns trauten, nach vorn zu schauen.

"Martha wäre stolz", flüsterte er.

"Auf uns beide", sagte ich und Tränen liefen meine Wange hinunter.

Über uns zogen die Wolken auf, der Schneefall wurde leichter. Ein unperfekter, perfekter Tag.

Epilog

Der Kaffee vor mir ist schlecht temperiert. Nicht heiß genug, eher lauwarm. Mit zu viel Milch. Und die Tasse hat eine kleine Kerbe am Rand - eine Macke, die sie charaktervoll macht. Auch der Geschmack ist ausbaufähig. Aber das stört mich alles nicht. Das kleine Café liegt in einer Seitenstraße irgendwo zwischen Nordsee und Alpen, zwischen Vergangenheit und Zukunft. Die alte Kaffeemaschine schnauft wie ein erschöpftes Arbeitspferd, während ich die letzten Worte in meinen Laptop tippe.

Draußen taucht der Herbst die Welt in Gold. Ein Dreivierteljahr ist es her. Ein Dreivierteljahr, seit ich zusammengebrochen bin, seit ich Marthas Briefe gefunden und gelesen habe, seit das "Café der verpassten Chancen" seine Türen schloss. Meine kleine Wohnung über dem Antiquariat hier in der Stadt ist mit Büchern vollgestopft - gelesenen, geschriebenen, angefangenen. Der Schreibtisch steht am Fenster, von wo ich den Marktplatz sehen kann. Nicht zu groß, nicht zu klein. Genau richtig.

Die Erzählung ist fertig. Meine. Unsere. Die Geschichte

eines Cafés, das mehr war als nur ein Ort und doch völlig unwichtig. Die Geschichte einer Tante, die mehr wusste, als sie je sagte und die trotzdem erst im Tod ihr Schweigen brach. Die Geschichte einer Frau, die erst alles aufgeben musste, um sich selbst zu finden. Und die Geschichte eines Mannes, der sich nicht getraut hatte, nach vorn zu blicken.

Sandra hat letzte Woche angerufen. Hat gefragt, wie es mir geht. Die Stelle sei wieder frei geworden, bessere Konditionen, mehr Freiheiten. Ich habe gelächelt und abgelehnt. Der Literaturblog läuft gut, die freiberuflichen Kolumnen für verschiedene Magazine auch. Nicht reich, aber frei. Manchmal muss man loslassen, um vorwärtszukommen - das habe ich in Seeblick gelernt.

Die Muscheln liegen noch immer in der blauen Dose auf meinem Schreibtisch. Sieben Stück. Die achte ... nun, vielleicht ist sie die Geschichte selbst. Ich kann mich nicht mal erinnern, ob es wirklich mal acht gegeben hat. Die achte stand wohl für die Worte, die ich endlich gefunden habe. Die Stimme, die ich so lange gesucht habe.

Der letzte Stein - der, den Jonas über den See flitschen ließ - ist längst versunken. Aber manchmal sammle ich neue, glatt und rund wie Marthas letztes Geschenk. Sie helfen mir beim Schreiben, als würden sie die Geschichten kennen, die noch erzählt werden wollen. Die nächste wartet schon - eine Lektüre über einen kleinen Buchladen, der nachts zum Leben erwacht. Aber das ist ein anderes Kapitel.

Frau Novak schickt regelmäßig Postkarten. Von Leo, der

jetzt im Schulchor singt und seine erste eigene Komposition geschrieben hat. Von der neuen ‚Winterhütte‘, die nach sechs Monaten wieder schloss - "zu unpersönlich für Seeblick", schrieb sie. Von den kleinen und großen Dramen einer Kleinstadt, die nicht mehr meine ist, aber jetzt immer ein Teil von mir bleiben wird.

Jonas ... nun, das ist eine andere Geschichte. Eine für einen anderen Tag. Er ist glücklich, ich bin glücklich. Wir sind gemeinsam glücklich. Manchmal sind die wichtigsten Kapitel die, die man nicht aufschreibt. Die man für sich behält, wie eine Muschel in der geschlossenen Hand. Wie einen Stein, der bereits seinen perfekten Tanz vollführt hat. Wer will schon wissen, was nach dem Happy End kommt? Weitere Herausforderungen, weitere Lösungen. Aber immer vorwärts schreitend.

Ich speichere die Datei ab. "Das Café der verpassten Chancen" steht in der Titelzeile. Mein erstes Buch. Nicht mein letztes, das spüre ich. Die Geschichten sind da, warten nur darauf, erzählt zu werden. Man muss nur den Mut haben, sie loszulassen. Manchmal kommt die Angst wieder. Wie an dem letzten Tag im Büro. Dann hält sie mich fest in ihren Fängen, doch diese Momente werden weniger. Die Therapie hat mir geholfen. Hilft mir immer noch.

Die Café-Besitzerin - Marie, Anfang sechzig, mit wilden grauen Locken - bringt mir ungefragt einen zweiten Kaffee. Sie poliert ihre Tassen nicht so akribisch wie Jonas, aber das ist okay. Jedes Café schreibt seine eigene Geschichte. Wie ich meine eigene schreibe, jeden Tag aufs Neue.

"Der nächste geht aufs Haus", sagt sie und zwinkert. "Schreibst du wieder was Schönes?"

Ich nicke und lächle. "Eine Geschichte über Neuanfänge."

"Hach. Das sind die besten Geschichten", sagt sie und wischt mit einem zerknautschten Geschirrtuch über den Nachbartisch.

Draußen zieht eine Wolke über die Sonne, nur für einen Moment. Ich lehne mich zurück, lasse den Laptop zuklappen. Diese Geschichte ist erzählt. Zeit für neue Wörter, neue Wege, neue Chancen.

Aber zuerst ... zuerst trinke ich meinen Kaffee. Er ist nicht perfekt. Aber das bin ich auch nicht.

Und genau das macht uns beide aus.